KB114228

야자전기 夜叉傳記

야차전기 3

임영기 新무협 판타지 소설

초판 1쇄 찍은 날 § 2015년 3월 23일
초판 1쇄 펴낸 날 § 2015년 3월 31일

지은이 § 임영기
펴낸이 § 서경석

편집부장 § 권태완
편집책임 § 박가연

펴낸곳 § 도서출판 청어람
등록번호 § 제387-1999-000006호
등록일자 § 1999. 5. 31
어람번호 § 제2-2582호

주소 § 경기도 부천시 원미구 부일로 483번길 40 서경B/D 3F (우) 420-822
전화 § 032-656-4452 팩스 § 032-656-4453
http://www.chungeoram.com
E-mail § chungeorambook@daum.net

ISBN 979-11-04-90173-7 04810
ISBN 979-11-04-90130-0 (세트)

야차전기

3

천보공주(天寶公主)

임영기 新무협 판타지 소설

FANTASTIC ORIENTAL HEROES

도서출판 청어람

목 차

제21장

———

용병

　북경은 화용군이 육 년여 동안 살았던 제남하고는 비교가
되지 않을 정도로 거대하고 번화하다.

　북경은 내성(內城)과 외성(外城)으로 나누어져 있다. 황제
일족이 사는 자금성(紫禁城)이 있는 곳이 내성이고, 남쪽을 가
로지른 운하 건너편 천단(天壇)이 있는 곳이 외성이다.

　혈명단 북경지단이라는 통천방은 외성 서문(西門)인 광안
문(廣安門) 근처에 자리 잡고 있었다.

　내성에는 커다란 고루거각(高樓巨閣)이 즐비하고 고관대작
이나 부유층이 살고 있는 반면에 외성에는 중산층 이하 하층

민들이 주류를 이루고 있다.

늦은 오후 무렵 북경에 도착한 화용군이 사람들에게 물어서 통천방의 위치를 알아내 찾아갔을 때에는 이미 유시(저녁 6시경)가 지나 통천문의 전문이 굳게 닫혀 있었다.

화용군은 통천방에서 백여 장 남짓 거리에 있는 어느 평범한 주루에서 저녁 식사를 하고 있는 중이다.

통천방에 대해서 알아보고 자시고 할 것도 없이 밤이 이슥해지면 잠입할 생각이다.

통천방이 혈명단 북경지단인지 아닌지, 그리고 혈명단이 누구의 청부를 받고 구주무관을 몰살시켰는지 알아내려면 오로지 잠입하는 방법밖에는 없다.

그래서 방주, 아니, 북경지단주를 제압해서 목에 야차도를 들이대고 묻는 것이다. 구주무관을 몰살시키라고 청부한 자가 누군지를.

그게 제일 간명한 방법이다.

다음 날 이른 아침에 주루가 문을 열자마자 화용군은 어제 저녁과 같은 자리에 앉았다.

그는 어젯밤에 통천방에 잠입하여 샅샅이 뒤졌지만 혈명단 북경지단이라고 의심이 들 만한 것을 단 하나도 발견하지 못했다.

살수 집단이 어떤 모습으로 어떻게 하고 있어야 살수 집단으로 보이는 것인지는 모른다.

그러나 어쨌든 화용군은 통천방에서 살수다운 그 어떤 흔적도 찾아내지 못했다.

방주의 거처로 짐작되는 전각을 찾긴 했으나 잠입해서 방주를 제압하지는 않았다.

혈명단 북경지단이라는 확신도 없는 상황에 통천방주에게 무조건 달려드는 것 자체가 무모한 행동이다.

또 하나, 화용군은 통천방주가 어느 정도로 고강한 고수인지 모르는 상황이다.

어쩌면 통천방주를 제압하려고 덤비다가 도리어 화용군이 죽을 수도 있다.

그러니 진짜 혈명단 북경지단주가 아니라면 그런 목숨을 건 모험 같은 것은 하지 않는 편이 좋다.

그가 죽음을 두려워하지 않는다는 것은 목숨을 아무렇게나 내버린다는 뜻이 아니다.

결국 그는 아침 식사를 하면서 곰곰이 생각해 본 결과 통천방은 혈명단 북경지단이 아니라는 결론을 내렸다.

그 말은 곧 제남지단주가 그에게 거짓말을 했다는 뜻이다. 그녀는 목숨을 살려주면 수하가 되겠다면서 절까지 했었는데 그게 가식이었다.

애당초 그녀를 곧이 믿지는 않았었다. 그렇지만 그녀가 내 편이 되어주면 여러모로 도움이 될 것이라고 생각했던 것은 사실이다.

그래서 적선하는 셈치고 살려준 것이다. 그런데 그녀가 거짓 복종을 한 것으로 드러났으니까 이제는 계획을 수정할 필요가 있다.

그녀가 거짓 복종을 한 것이라면 그것으로 끝나는 것이 아니라 화용군이 하고자 하는 일에 제동을 걸 것이 분명하기 때문이다.

그녀는 필경 화용군이 백학무숙 총관 감도능을 죽인 일을 비롯하여 그가 하려고 하는 일들을 혈명단에 보고할 테고 그 사실을 북경지단에게도 알렸을 것이다.

그녀는 혈명단 제남지단주라는 대단한 지위의 인물이다. 나이는 비록 이십 대로 보이지만 강호나 그 밖의 경험이 풍부하기에 그 자리에 오른 것일 테다.

그런 그녀가 그렇게 쉽사리 호락호락 화용군의 수하가 되려 하겠는가. 지금 돌이켜서 생각해 보면 그녀를 죽이지 않은 것이 화근이다.

그녀를 살려준 것은 어떤 일말의 자비심 같은 것이 추호도 아니었다.

지금 생각하면 어이없는 일이지만 그녀를 죽일 것인지 살려줄 것인지 하는 것은 마치 길을 걸어갈 때 왼발부터 내밀 것인가 아니면 오른발을 내밀 것인가 하는 것처럼 대수롭지 않게 여겼던 일이었다.

어쨌든 이제 와서 지난 일을 후회해 봤자 속만 쓰릴 뿐이다. 그것을 거울 삼아서 다시는 그런 어리석은 실수를 하지 말아야 할 것이다.

딸깍…….

화용군은 젓가락을 내려놓았다. 식사를 하는 동안 혈명단 북경지단을 찾아내는 몇 가지 방법을 궁리해 봤는데 이제부터 그걸 차근차근 실행해 볼 생각이다.

그가 품속에서 돈주머니를 꺼내 음식 값으로 지불할 각전(角錢) 두 냥을 꺼내고 있을 때 주루의 주렴이 걷히면서 어깨에 도를 멘 세 명의 무사가 안으로 몰려 들어와 그에게서 멀지 않은 곳에 자리를 잡고 앉았다.

그는 일어서려고 하다가 무사들의 표정이 긴장으로 단단하게 굳어 있는 것을 보고 그대로 앉아서 창밖을 내다보는 체하면서 그들을 경계했다.

무사들에게서 뭔가를 알아내려는 것이 아니라 이처럼 이른 아침에는 딱히 할 일도 없는데다 무사들이 몹시 긴장된 표정이라서 무슨 일인지 알 수 있으면 좋겠다는 가벼운 심정이다.

지금은 망망대해에 맨몸으로 떠 있는 상황이라서 지푸라기라도 붙잡아야 하는 처지다.

세 명의 무사는 점소이에게 아무거나 가장 빨리 만들 수 있는 음식을 달라고 주문했다.

탁!

"아무리 생각해 봐도 이해가 안 돼."

무사 한 명이 손바닥으로 탁자를 내려치면서 고개를 절레절레 흔들었다.

탁!

"대풍보(大風堡)는 어느 면으로 봐도 우리보다 세 배 이상 막강한데 싸움을 걸다니, 제정신이야? 이건 계란으로 바위를 치는 격이라구."

"우리 진도방(振刀幫)은 그래도 완평현(宛平縣)에서는 어느 정도 알아주는 방파잖아? 그런데 무엇 때문에 우리하고는 상관이 없는 산방현(山房縣)의 대풍보하고 싸워야 한다는 말인가?"

두 명의 무사는 서로 주거니 받거니 하면서 자신들의 방파가 대풍보하고 싸우게 된 것을 못마땅하게 여겼다.

그들은 자기들끼리 떠들다가 처음부터 조용히 앉아서 뜨

거운 차만 마시고 있는 조금 나이 든 동료를 쳐다보며 넌지시 떠보았다.

"이거 보슈. 노범(盧汎) 형은 뭘 알고 있는 눈친데?"

노범은 차를 한 모금 더 마시고 나서 두 명의 무사를 한 차례 쓸어보더니 한 수 가르쳐 주는 양 무게를 잡았다.

"우리가 대풍보를 쓰러뜨리면 영정하(永定河) 중류 지역의 수로권(水路權)을 얻게 되는 걸세."

"아……."

"영정하의 수로권 말이오? 그 대단한 걸 우리가 갖게 된다는 말이지?"

"그렇다니까. 그것만으로 우리 진도방은 매월 은자 백만 냥을 벌어들일 수 있지."

거기까지 듣고 화용군은 별 쓸데없는 대화라 여기고 몸을 일으켰다.

"수로권을 얻게 된다면 본 방의 수입이 엄청 불어날 테니까 우리 녹봉도 인상되겠지만……."

"그런데 문제는 본 방이 대풍보를 절대로 이길 수 없다는 명백한 사실이야. 하늘이 두 쪽이 나도 안 되는 건 안 되는 거야. 암."

화용군은 계속 대화를 나누고 있는 세 무사의 옆을 스쳐 지나갔다.

"제길, 싸우러 가기 때문에 당분간 집에 못 올 거라고 며칠 전에 마누라한테 말하니까 죽으러 가는 줄 알고는 울고불고 난리더군."

"이거 오늘 방에 들어갔다가 곧장 저승길로 가는 거 아냐? 난 마누라 혼절할까 봐 얘기도 못 꺼냈는데… 쩝!"

오늘 상반(上班:출근)하면 대풍보하고 싸우러 가야 하는 일이 걱정인 두 무사는 점소이가 요리를 갖다놔도 젓가락으로 뒤적이기만 했다.

이들은 집이 완평현이지만 어떤 임무 때문에 북경에 왔다가 지금 완평현의 방으로 돌아가는 길이다.

화용군이 계산대에 이르렀을 때 뒤에서 노범의 더욱 작아진 목소리가 들렸다.

"용병(傭兵)이 온다니까 염려하지 말게."

"용병이라니? 대전사(代戰士)말이오?"

"에에? 설마 방주가 대전사를 구한 거요?"

"그래, 대전사. 믿을 만한 소식통에 의하면 방주가 확실한 대전사 백 명을 구해놨다더군."

두 무사는 반신반의하는 표정을 지었다.

"대풍보는 무사가 사백 명이고 우린 백 명 남짓인데 대전사 백 명으로 이긴다는 게 가능하겠소?"

하나도 건질 것 없는 대화를 거기까지도 들으면서 화용군은 각전 두 냥을 계산대에 내고 주인이 내미는 거스름돈 몇 닢을 뒤로 한 채 입구의 주렴을 젖혔다.

차륵…….

노범의 더욱 작아진 목소리가 주렴 흔들리는 소리에 묻혔지만 화용군은 똑똑히 들었다.

"대전사를 보내는 곳이 혈명단이라고 하네. 그러니 싸움은 우리 승리야."

뚝.

화용군의 걸음이 멈춰졌다. 그러나 그는 돌아보지 않고 그대로 밖으로 나갔다.

세 무사의 입에서 '혈명단'이라는 말이 나올 줄은 전혀 예상하지 못했었다.

북경에서 완평현으로 뻗은 관도 옆 숲 속.

아까 주루 안에서 대풍보와의 싸움에 대해서 숙덕거렸던 세 명의 무사가 나란히 무릎을 꿇고 앉아 있으며 그들 앞에는 도가 한 자루씩 놓여 있고, 하나같이 몹시 고통스러운 표정을 짓고 있다.

그리고 그 앞에 흑의 경장을 입은 화용군이 왼손에 어린아이 손목 굵기에 한 자 반 정도 길이의 나뭇가지를 쥔 채 우뚝 서 있다.

화용군은 주루에서부터 이들 세 명의 무사를 뒤쫓다가 북경에서 완평현으로 향하는 한적한 관도에 이르자 나뭇가지를 꺾어서 세 무사를 한 대씩 때려주고는 이곳 숲 속으로 데리고 들어왔다.

사실 세 명의 무사는 자신들이 속한 진도방에서 하급무사라서 화용군에게 세 명이 도를 뽑아 들고 한꺼번에 덤볐으나 나뭇가지를 쥔 그의 왼손에도 당하지 못하고 일 초식에 패해 버렸다.

화용군은 이들의 얼굴은 피해서 때렸으며 또한 팔다리를 부러뜨리지도 않았다.

어차피 궁금한 것만 알아내고 살려줄 생각이었으니까 순순히 실토할 만큼 겁만 주면 될 일이다.

그것이 차츰 자리를 잡아가고 있는 그의 싸움 방식이라고 할 수 있다.

반드시 죽여야 할 악인만 죽이겠다는 뜻이다. 달리 말하면 복수하고 관련이 없는 자는 죽이고 싶지 않은 것이다.

무림에는 자신의 실력만 믿고서 그저 기분 내키는 대로, 혹은 조금만 마음에 들지 않으면 살인을 일삼는 소위 살인귀들이 종종 있다.

화용군은 그런 자들에 대해서 들어본 적이 없으나 벌써부터 스스로 살인에 대해서 경각심을 갖고 자신만의 규칙을 세우고 있다.

"너희는 이대로 곧장 집으로 돌아가라."

알고 싶은 것을 이들에게 알아낸 화용군은 무심한 표정으로 세 명의 무사를 굽어보면서 타일렀다.

"네……."

"그러겠습니다……."

화용군은 흑의 경장을 입고 키가 매우 크며 전신에서 범접하기 어려운 으스스한 기운을 뿌리고 있다. 하지만 아무리 많게 봐도 이십 세가 넘지 않았을 듯한 어린 그의 말에도 세 명의 무사는 일체 토를 달지 않았다.

어린놈이라고 얕보고 덤볐다가 따끔한 맛을 톡톡히 봤기 때문이다.

세상은, 더구나 무림은 나이가 우선이 아니라 실력이 말해 준다는 것을 이들은 조금 전에 톡톡히 깨달았다.

세 명의 무사는 잔뜩 겁먹은 표정을 지으며 대답했으나 화용군은 그들이 건성으로 대답하는 것을 알아차리고 한 번 더 못을 박았다.

"다시 내 눈에 띄면 죽을 것이다."

휙—

그 말을 끝으로 화용군은 몸을 돌려 등을 보인 채 관도로 성큼성큼 걸어갔다.

그때 세 명의 무사 중에 한 명이 눈을 번뜩이며 앞에 놓인 도를 매우 조심스럽게 재빨리 집어 들었다.

슥—

그러나 노범이 급히 동료의 어깨를 잡고 눈을 부릅뜨면서 고개를 세차게 가로저으며 급습 따위 하지 말라는 시늉을 해 보였다.

세 명 중에서 삼십 대 중반으로 젊은 축에 속하는 두 명은 자신들 세 명이 합공해서 화용군에게 일 초식 만에 당했다는 사실에 대해서 승복하지 않았다. 아니, 승복을 자존심이 허락하지 않았다.

그래서 화용군이 뒤돌아서 걸어가며 허점을 보이자 이참에 등 뒤에서 공격하여 수치를 만회하고 싶었다. 지금 급습을 가하면 무조건 성공할 것이라고 확신했다.

그렇지만 똑같은 상황을 당했으면서도 이들 중에 연장자인 노범의 생각은 정반대다.

그는 조금 전 관도에서 화용군과 싸웠을 때, 아니, 손 한 번 써보지 못하고 일방적으로 당했을 때 사실 어떻게 당했는지 어렴풋이나마 보지도 못했었다.

사십오 세가 되도록 하급무사로 이 방파 저 방파로 전전하면서 산전수전 두루 겪은 늙은 생강 노범은 이런 상황에서 어떻게 처신해야 하는지 잘 알고 있다.

상대가 죽이겠다고 하면 아무리 억울해도 죽을 수밖에 없는 것이고, 살려주면 그저 감지덕지 새로 태어난 심정으로 가늘고 길게 오래오래 살아야 하는 것이다.

그런데 이 세상물정 모르는 젊은 것들은 자신들이 젊은 청년, 아니, 어쩌면 소년일지 모르는 어린 녀석에게 어이없이 패했다는 수치심 때문에 스스로에게 화가 나 있어서 이성을 조금 잃은 것 같다.

상대가 어리든 아니면 나이를 먹었든 그런 것은 별로 중요하지 않다.

중요한 사실은 아직 목숨이 붙어 있을 때 처신을 잘해야 한다는 것이다.

약간 시간이 지나서 화용군이 보이지 않게 되자 젊은 두 무사가 퉁명스럽게 노범에게 역정을 냈다.

"에이! 그놈을 단칼에 쳐 죽일 수 있었는데 노범 형은 왜 말린 것이오?"

노범은 실소를 흘렸다.

"자네들이 그를 배후에서 공격했다면 단칼에 죽는 것은 우리였을 게야."

"설마 그렇게까지야……."

두 무사는 믿을 수 없다는 표정을 지었다.

"자네들은 아까 그가 무슨 수법으로 우릴 제압했는지 보기는 했었나?"

두 사람은 아무 말도 하지 못하고 어눌한 표정을 지었다. 사실 두 사람은 자신들이 도를 뽑으면서 화용군에게 덮쳐 간 것까지만 기억이 났다.

그다음에 정신을 차려보니까 어깨와 옆구리가 끊어지는 고통을 느끼면서 관도 바닥에 쓰러져 있었다. 그런 판국에 무슨 수법에 당했는지 어찌 알겠는가.

"자네들 들개 세 마리가 맹호를 등 뒤에서 공격한다고 생각해 보게. 당해낼 수 있겠나?"

맹호는 화용군이고 들개 세 마리는 자신들이라는 것을 모를 리 없는 그들이다.

노범은 그렇게 말하고 나서 화용군이 사라진 방향을 쳐다보며 안도의 한숨을 길게 내쉬었다.

"오늘 우리 세 사람은 횡재를 만났다고 생각해야 하네."

"횡재?"

"세상에 목숨보다 더 소중한 게 어디 있겠나? 아까 그 어린 친구가 우릴 죽이려면 손바닥을 뒤집는 것보다 쉬웠을 텐데 손속에 인정을 두어 죽이지 않았으니 이것이야말로 횡재가 아니고 무어겠는가?"

노범이 그렇게 얘기하는데도 두 명은 도를 움켜쥔 채 들으려고 하지 않았다.

"그래도 우리 셋이 정신을 바짝 차리고 다시 한 번 싸운다면 아까처럼 호락호락 당하지는 않을 것이오."

"그렇소. 아까는 얼결에 당해 버린 것이오."

그때 수십 장 떨어진 관도 쪽에서 화용군의 조용한 목소리가 들렸다.

"집에 가라고 말했다."

"흐익?"

"억?"

기고만장했던 두 명은 목을 자라처럼 감추며 얼른 손에 쥔 도를 내려놓았다.

*   *   *

한 시진 후에 화용군은 산방현 거리에 나타났다.

산방현은 북경에서 남서쪽으로 불과 오십여 리 떨어진 가까운 곳에 있으며 완평현하고는 이십여 리 거리에 이웃하고 있다.

진도방 세 명의 무사에게서 약간의 정보를 얻어낸 화용군은 목적지를 대풍보로 정했다.

대풍보는 산방현 제일 방파이기 때문에 어디에 있는지 찾는 일은 간단했다.

백구하(白溝河)의 상류에 산방현이 있으며 산방현 동쪽 백구하 강변에 대풍보가 자리를 잡고 있다.

백구하는 길이가 칠십여 리 정도로 그다지 길지 않은 강이다. 하지만 동남쪽으로 흐르면서 십여 개의 강과 합쳐지며 하북성에서 가장 큰 세 개의 강 중 하나인 대청하(大淸河)를 이룬다.

하북성에는 수백 개의 강이 서쪽에서 발원하여 동쪽으로 흐르며, 거의 대부분이 세 개의 큰 강인 영정하와 대청하, 자아하(子牙河)로 합류한다.

중요한 것은 이 세 개의 대강(大江)이 모두 서쪽에서 동쪽으로 흐르다가 바다를 오십여 리 앞둔 천진(天津)에서 합쳐져서 잠시 커다란 물줄기를 이루고, 또 그곳에서 남북을 가로지르는 경항대운하의 북운하(北運河)와 남운하(南運河)까지 더해져서 마침내 바다와도 같은 거대한 강 해하(海河)가 되어 동해로 흘러든다는 사실이다.

그래서 이곳 화북지방에서는 배를 타고 강과 운하를 따라가면 웬만한 지역은 다 갈 수 있는 것이다. 심지어 절강성 항주까지도 배로 갈 수가 있다.

경항대운하는 나라에서 운영을 하지만, 다른 수백 개의 강에 걸려 있는 수천 개의 수로권은 그 지역의 방파와 문파들이 지난 수천 년 동안 땅따먹기 식으로 뺏고 빼앗기를 거듭하면서 작금에 이르고 있다.

　대풍보의 거대한 전문은 활짝 열려 있지만 그렇다고 해서 아무나 드나들 수 있는 것은 아니다.
　"보주를 만나러 왔소."
　"무슨 일이오?"
　"보주에게 직접 말할 내용이오."
　"말을 해야지만 보주께 알려 드릴 수 있소."
　"들어가겠소."
　"멈추시오!"
　화용군은 외인(外人)이므로 전문에서부터 난관에 부닥쳤지만 그만의 방법으로 난관을 타개해 나가려고 했다. 물론 완력으로 해결하는 것이다.
　따딱!
　"윽!"
　"왁!"
　그는 나뭇가지로 자신을 가로막는 네 명의 호문무사(護門武士)의 어깻죽지를 때려서 주저앉히고는 유유히 전문 안으로 걸어 들어갔다.
　저벅저벅……

"보주를 만나러 왔소."

그는 서둘지 않고 큰 걸음으로 걸어가면서 크지도 작지도 않은 소리로 나직이 외쳤다.

"웬 놈이냐?"

"멈추지 않으면 베겠다!"

따따딱!

그는 앞을 가로막는 대풍보 무사 다섯 명을 역시 나뭇가지로 때려눕히고 다시 성큼성큼 걸어 들어갔다.

무식하고 단순한 방법이지만 이렇게 하다 보면 대풍보주의 귀에까지 들어갈 테고 그러면 만날 수 있을 것이라고 간단하게 생각했다.

그렇지만 그는 자신이 선택한 방법이 먹히지 않는다는 사실을 곧 깨닫게 되었다.

전문에서 불과 이십여 장쯤 걸어 들어오는 동안 나뭇가지로 아홉 명을 쓰러뜨렸는데 더 이상 앞으로 나가지 못하는 상황에 처하고 말았다.

"죽여라!"

"도망가지 못하게 뒤를 막아라!"

순식간에 대풍보 무사 삼십여 명이 그를 포위하고 맹공을 퍼붓는가 싶더니 무사들이 점점 더 모여들어 어느새 백여 명으로 불어났다.

쐐애액! 쉬익! 패액!

대풍보는 딱히 어느 한 가지 무기를 고집하지 않기 때문에 무사들은 도검과 창(槍), 봉(棒), 극(戟) 따위를 자유롭게 사용하고 있다.

십여 종류의 각기 다른 무기가 허공을 가득 덮은 채 화용군의 온몸으로 소나기처럼 쏟아졌다.

화용군은 감히 방심하지 못하고 왼손의 나뭇가지를 오른손으로 고쳐 잡고서 전력으로 방어했다.

그는 아직까지 이들을 적이라고 여기지 않았고 사태의 심각성을 깨닫지 못했다.

따따따땅!

그러나 서너 차례 휘두르기도 전에 나뭇가지가 다 잘려 나가고 두어 뼘 남짓만 남아버렸다. 위급함은 여차하는 순간에 찾아왔다.

창!

그는 쏟아지는 무기들 속에서 급히 나뭇가지를 버리고 어깨의 검을 뽑았다.

쐐아아―

그의 전신을 노리고 전후좌우에서 가장 가까이에 있는 십여 자루의 무기가 무서운 기세로 쇄도했다.

다수의 무리가 한 사람을 합공할 때에는 뛰어난 초식을 전개하는 경우가 드물다.

그저 빠른 속도로 무기를 휘둘러서 상대의 급소를 찌르거나 베면 그만이기 때문이다.

수십 개의 바퀴살은 한가운데 굴대를 향해 뻗어 있다. 이들의 합공 역시 바퀴살처럼 한가운데 있는 화용군의 온몸 급소를 향해 날카롭게 쏘아가고 있다.

그중 어느 것 하나에 찔리거나 베이기만 해도 화용군은 죽거나 부상을 입을 것이다.

차차차창!

그렇지만 화용군으로서는 치명적인 약점이 있다. 대풍보에 적으로 온 것이 아니기 때문에 무사들을 죽이거나 상처를 입힐 수 없다는 사실이다.

백여 명의 적에게 포위되어 전력을 다해서 싸워도 목숨을 건질지 말지 불확실한 상황인데 적을 죽여서도 다치게 해서도 안 되는 싸움을 해야 하는 그로서는 차라리 눈을 가리고 싸우는 것이 나을 지경이다.

더구나 무사들의 한 번 합공 때마다 사방에서 열 자루 이상의 무기가 쏟아지는 상황에 그는 검 한 자루만 갖고 쳐내고 피하자니 이 상황은 소나기를 막대기로 쳐내는 것이나 다름이 없다.

이렇게 겹겹이 포위되어 제대로 반격을 하지 못하는 상황에서는 십 초식도 견뎌내지 못할 것 같았다.

구주무관에서 사범 노릇을 하고 있을 때 수십여 명의 생도에게 한꺼번에 덤벼보라고 하여 그 혼자서 상대했던 적이 종종 있었다.

하지만 상대는 아직 완성되지 않은 생도들이고 또 목검을 사용했기에 위험 요소가 거의 없었다. 그래서 그럴 때마다 화용군이 생도들을 이겼었다.

그런데 지금은 상황이 완전히 다르다. 이들은 하나같이 시퍼런 칼날이 달린 무기를 사용하고 있으며 인정사정 봐주지 않는다.

그리고 생도들은 배우는 게 목적이었으나 이들은 죽이는 게 목적이라는 점이 다르다.

파아—

화용군은 어느 한순간 위급함을 느끼고 급히 피했으나 머리카락이 뭉텅 잘려 나갔으며, 그다음에는 옷자락이 싹둑 베어졌다.

한 번 열세에 처하게 되니까 반격하는 기회를 놓치고 계속 허둥거리게 되었다.

포위망은 더 좁혀졌으며 그래서 그가 운신할 수 있는 공간이 더욱 좁아졌다.

그 말은 이제 어느 순간 무기에 찔리거나 베여도 이상하지 않은 상황에 처했다는 것이다.

그가 강호에 출도한 것은 복수를 하려고 항주를 향해 구주 무관을 떠났을 때였다.

그때로부터 오늘날까지 채 석 달이 되지 않은 기간 동안 그는 승승장구만 했었지 지금 같은 악전고투는 처음이다. 그는 지금에서야 뼈아픈 경험을 하게 되었다.

그것도 전력으로 생사혈전을 벌여야 하는 싸움이 아닌 상황에서 말이다.

'이러다가는 자칫 죽을 수도 있다.'

비로소 지금 상황의 다급함이 피부로 느껴졌다.

팍—

"윽!"

그 순간 왼쪽 어깨 뒤쪽이 뜨끔한 것을 느끼며 그는 앞으로 확 고꾸라졌다. 도인지 검인지 모를 무기에 어깨 뒤쪽을 찔린 것 같았다.

그때 그는 이대로 엎어지면 정말 죽을지도 모른다는 절박함이 엄습했다.

그는 앞으로 엎어질 것처럼 몇 걸음 종종거리면서 달려 나가며 오른손의 검을 왼손으로 옮겨서 잡고 미친 듯이 마구 휘둘렀다.

그와 동시에 오른팔 안에서 야차도를 꺼내서 잡았다. 자신의 팔보다 더 익숙한 야차도가 손안에 느껴지자 그는 눈부시게 휘둘렀다.

파아아—

왼손의 검으로는 태극혜검 삼 초식 광만육합을, 오른손의 야차도로는 야차도술을 전개했다.

콰차차창—

파파파팍!

"큭!"

"헉!"

왼손의 검으로는 쏟아지는 공격을 쳐내고, 오른손의 야차도로 눈 깜빡할 사이에 네 명의 명치와 복부, 목의 급소를 찔렀다.

하지만 야차도 도첨에 덮개를 씌운 상태이기 때문에 찔린 무사들은 숨이 콱 막히는 고통을 느끼고 주저앉았을 뿐 죽거나 부상을 입지는 않았다.

양손으로 공격을 하는 것만으로 지금까지의 전세가 크게 향상되었다.

그러니까 만약 그도 죽이겠다고 인정사정 봐주지 않고 생사혈전을 벌인다면 지금 상황에서도 그다지 꿀릴 것 같지는 않았다.

"보주를 만나러 왔다고 하지 않는가!"

파아아—

콰차차차차—

"우욱!"

"어윽……."

화용군은 양손의 검과 야차도를 맹렬하게 휘두르면서 우렁차게 외쳤다.

그의 검에 부딪치고 야차도에 찔린 무사 대여섯 명이 우르르 썰물처럼 물러나거나 주저앉았다. 마치 맹호가 어홍! 하고 포효를 하니까 뭇짐승이 겁을 집어먹고 한꺼번에 물러가는 것 같은 광경이다.

그렇지만 몰려든 대풍보 무사는 백여 명에서 이제는 이백여 명으로 불어난 상황이다. 그러므로 화용군은 잠시 숨을 쉴 틈을 벌었을 뿐이다.

지금 같은 상황에서 그가 취할 수 있는 길은 전력으로 경공을 전개하여 도주하는 것뿐이다.

이들하고 싸우는 것은 무의미하다. 얻는 것은 하나도 없는 대신 잃을 것은 많다.

그런데 지금 여기에서 물러나면 그가 세웠던 계획이 다 물거품이 돼버린다.

그가 대풍보주를 만나려는 이유는 간단하다. 그에게 완평현의 진도방이 혈명단 살수들을 대전사로 사서 대풍보를 공격하려고 한다는 사실을 알려주고, 그 대신 대풍보주가 알고 있거나 알아낼 수 있는 혈명단에 대한 정보를 얻으려는 것뿐이다.

그렇지만 이런 상태로 더 이상 싸울 수는 없다. 무의미한 싸움을 계속한다면 어깨 뒤쪽을 찔린 것 이상의 상처를 입게 될 것이 분명하다.

이건 생각이 모자랐었다. 이렇게 될 것이라곤 전혀 예상하지 못했었다.

무조건 부딪치기만 하면 어떻게든 해결될 것이라고 막연하게 생각했었는데 경험 부족이 여실히 드러났다.

"물러서라!"

그런데 화용군이 허공으로 신형을 날려서 일단 물러나려고 할 때 누군가 쩌렁한 외침을 터뜨리자 대풍보 무사들이 썰물처럼 뒤로 물러났다.

화용군은 양손에 검과 야차도를 움켜쥔 채 솟구치려고 두 발에 힘을 주는 자세를 취하고 있는 모습이다.

그리고 그의 주위 가까운 곳에는 그의 덮개를 씌운 야차도에 찔렸던 몇 명의 무사가 주저앉아 있다가 깜짝 놀라서 급히 허둥지둥 물러났다.

방금 무사들에게 물러나라고 외친 인물은 사십 대 중반의 나이에 청의 단삼을 입고 짧고 거친 수염을 길렀으며 제법 위엄 서린 풍모인데, 어깨에 큼직한 대도(大刀)를 메고 있지만 뽑지 않은 상태다.

그는 대풍보 총당주(總堂主)라는 지위에 있으며 지금까지 싸움을 유심히 지켜보고 있었다.

그런데 화용군이 열세에 처한 상황에서도 대풍보 무사들을 다치지 않게 하려고 애쓰는 모습을 발견했다.

총당주가 보기에 화용군은 예사로운 실력이 아닌 듯했다. 총당주 자신과 일대일로 겨룬다고 해도 승리를 장담할 수 없을 듯했다.

그렇기 때문에 만약 극한 상황에 몰리면 그가 본의 아니게 무사들을 다치게 하거나 죽일 수도 있다는 생각에 싸움을 멈춘 것이다.

총당주는 화용군을 주시하며 위엄 있게 물었다.

"무슨 일로 보주를 만나려는 것인가?"

화용군은 씁쓸한 표정을 지었다. 잠깐 잘못 생각한 대가를 톡톡히 치른 것이 영 입맛이 썼다.

"보주에게 직접 할 말이 있소."

"나한테 하면 안 되는가?"

"그렇소."

총당주는 화용군을 쏘아보다가 은근히 그를 떠보고 싶은 마음이 생겼다.

"안 되겠다면?"

"돌아가겠소."

"그것도 안 된다면?"

일단 그렇게 말을 해놓고 총당주는 화용군의 입가에 비릿하고 싸늘한 미소가 매달리는 것을 발견하고 속으로 괜히 뜨끔했다.

"그렇다면 무의미한 싸움을 하는 수밖에."

화용군은 말과 함께 양손의 검과 야차도를 고쳐 잡고는 곧장 전면의 무사들을 향해 덮쳐 갔다.

획!

"시작합시다!"

"멈춰라!"

총당주는 화용군이 이토록 빠른 반응을 보이자 움찔 놀라 급히 소리쳤다.

그는 화용군이 멈추며 자신을 쳐다보는 것을 보면서 등줄기에 한 방울 땀이 또르르 구르는 것을 느꼈다.

'도대체 겁이라곤 모르는 애송이로군.'

제22장

———

색목 소녀(色目少女)

"백 명의 혈명전사(血命戰士)라고?"

오십 대 초반에 뚱뚱한 체구의 대풍보주는 만두 같은 얼굴을 잔뜩 찌푸렸다.

"그렇소."

화용군은 '혈명전사'라는 말을 처음 들어보지만 아마도 혈명단의 용병, 즉 대전사들을 그렇게 부르는 것이라 짐작하고 짐짓 다 알고 있는 체 고개를 끄덕였다.

"진도방이 오늘 밤 자정에 본 보를 공격한다고?"

대풍보주가 혼잣말처럼 중얼거리는 것 같아서 화용군은

가만히 있었다.

이곳은 대풍보주의 크고 으리으리한 집무실이다. 대풍보주와 화용군이 마주 앉아 있으며 대풍보주 옆에는 총당주가 우뚝 서 있고 화용군 뒤에는 대풍보주의 호위무사 두 명이 팔짱을 낀 채 나란히 서 있다.

"총당주, 확인해 보게."

"네, 보주."

대풍보주의 말에 화용군을 여기까지 데리고 온 총당주가 공손히 대답하고 급히 밖으로 나갔다.

화용군은 그걸 어떻게 확인할 수 있는지 궁금했으나 그냥 묵묵히 있었다.

대풍보주는 엄청난 사실을 알게 됐는데도 얘기를 처음 들었을 당시에만 깜짝 놀랐을 뿐이지 불과 열 호흡 남짓 지났을 뿐인 지금은 아무 일도 없는 것처럼 태연했다. 그는 배포가 남다른 위인 같았다.

그는 체구도 크고 얼굴과 손도 컸는데 그런 큼직큼직한 데서 배포가 나오는 듯했다.

"오래 걸리지 않을 테니까 잠시 기다리게."

그는 화용군에게 손을 들면서 훈훈한 미소를 짓는 여유마저 보여주었다.

"술 한잔하겠나?"

"됐소."

"표(豹)야!"

불쑥 묻더니 화용군이 됐다고 하는데도 대풍보주는 누군가를 불렀다.

"네!"

밖에서 대답이 들리는 것 같더니 잠시 후에 한 소녀가 들어와서 대풍보주에게 다가갔다.

"부르셨어요, 아버지?"

"가서 술상을 차려 오라고 일러라."

"아침부터 술이에요?"

소녀는 말은 그렇게 하면서도 얼굴로는 생글거리면서 미소를 짓고 있었다. 언행불일치다.

"이렇게 좋은 날 어찌 마시지 않겠느냐?"

철썩!

"아얏!"

옆에 다가와서 다소곳이 선 소녀의 둔부를 대풍보주가 세게 때리자 그녀는 두 손으로 탱탱한 둔부를 가리며 부친을 곱게 흘겨보았다.

"아버지, 손님이 계시는 자리에서 딸의 엉덩이를 함부로 막 때리면 어떻게 해요?"

"왓핫핫! 귀여운 내 딸 궁둥이를 아비가 때리는데 누가 뭐라고 하겠느냐?"

철썩!

"앗!"

대풍보주가 또 둔부를 때리자 소녀는 비명을 지르면서 두 손으로 다시 둔부를 가리며 멀찌감치 피했다.

대풍보주는 소녀가 예뻐서 죽겠다는 듯 싱글벙글 웃으면서 화용군에게 넌지시 말했다.

"저 아이가 내 딸 백표(白豹)일세."

화용군은 그저 가볍게 고개를 끄떡였다.

"자넨 아비가 딸의 둔부를 때리는 것에 대해서 어떻게 생각하는가?"

"나하고 상관없는 일이오."

"어?"

귀때기 새파랗게 어린 화용군이 버르장머리 없이 대꾸하자 대풍보주는 옆구리를 꼬집힌 듯한 표정을 짓더니 곧 손바닥으로 의자의 팔걸이를 두드리며 크게 웃었다.

탁탁탁—

"으헛헛헛! 정말 두둑한 배짱에 솔직한 말이로군! 마음에 든다! 들어!"

그사이에 소녀는 밖으로 나갔는데 하녀에게 술상을 차리라고 지시하는 명랑한 목소리가 또랑또랑하게 실내에까지 들렸다.

"시켰어요, 아버지."

소녀는 다시 들어와서 방글방글 미소 지었다.

화용군은 소녀가 성가신 존재 같아서 이제 그만 나갔으면 좋겠다고 생각했다.

소녀가 화용군의 흥미를 끌지는 못했지만 그녀는 외모부터 매우 특이한 존재다.

그녀의 외모는 한족(漢族)이 아니라 파란 눈과 노란 머리카락의 색목인(色目人)이었다.

중원의 여자보다 키가 크고 늘씬한 데다 젖가슴과 둔부가 크고 탱탱하며 허리는 한손으로도 쥘 수 있을 만큼 잘록했고 살결은 눈처럼 하얗다.

더구나 흑의를 입고 있어서 흰 살결에서 마치 빛이 뿜어지는 것 같았다.

눈부신 금발을 치렁치렁 허리까지 길렀고 움푹 꺼진 커다랗고 파란 두 눈은 청명한 하늘처럼 투명했다.

색목인 여자는 나이를 가늠하기 어렵지만 그래도 이십 세는 넘지 않은 것 같았다.

"이리 와서 앉아라."

"싫어요. 또 엉덩이 때리려고요?"

대풍보주가 미소 지으면서 자신의 옆자리를 가리키자 소

녀는 도리질을 하더니 쪼르르 다가와서 화용군 옆에 납죽 앉았다.

그런데 색목 소녀에게서 이상한 냄새가 확 끼쳤다. 먹은 것이 다 넘어올 것처럼 지독한 냄새, 아니, 악취다. 화용군은 직감적으로 그것이 인내(사람 냄새)라고 생각했다.

예전에 생도 중에서 지독한 인내가 나는 청년이 있었는데 결국 동료 생도들의 따돌림을 견디지 못하고 중도에서 그만두고 떠났었다.

그는 미간을 찌푸리며 색목 소녀를 쳐다보았다. 얼굴에는 노골적으로 불쾌한 표정이 떠올라 있다.

그런데 대풍보주가 화용군을 보면서 껄껄 웃었다.

"헛헛헛! 표아의 호취(狐臭:암내)가 고약하더라도 잠시만 참고 견뎌보게."

그는 자기 딸 냄새라고 향기로운 줄 아는 모양이다.

"심해요?"

색목 소녀가 이쪽을 쳐다보면서 해맑은 표정으로 묻는데 입에서 나는 구취(口臭)와 더불어 호취가 극에 달하여 화용군은 반사적으로 왼손을 뻗어 그녀를 밀쳤다.

"욱!"

획!

그런데 그의 손이 허공을 쳤다. 색목 소녀가 상체를 슬쩍

들어서 가볍게 피한 것이다. 얼결에 내민 손이지만 그녀가 그렇게 간단하게 피할 줄은 몰랐다.

결국 화용군은 벌떡 일어나서 몇 걸음 떨어진 곳으로 가서야 참았던 숨을 쉬었다.

"후우……."

그때 두 명의 하녀가 들어오더니 탁자에 조심스럽게 술과 요리를 차렸다.

"앉아서 내 술 받게."

"나는 술 마시지 않소."

대풍보주는 대수롭지 않게 말하면서 손을 저었다.

"그럼 이곳에 무엇하러 있는 겐가? 그만 가보게."

"……."

화용군은 일순 뜨악해졌다. 대풍보주로서는 완평현 진도방이 오늘 밤 자정을 기해서 백 명의 혈명전사와 함께 대풍보를 급습할 것이라는 사실을 알았으니까 더 이상 화용군에겐 볼일이 없다.

그러나 화용군은 그것을 알려준 대가로 아무것도 알아내지 못했으니 이대로 물러날 수는 없다.

성질대로 하자면 확 뒤집어엎어 버리고 싶지만 그래 봐야 득은 없고 잃는 것은 부지기수다.

"한잔하세요, 아버지."

"허헛! 오냐."

색목 소녀가 철철 넘치게 따른 술잔을 내밀자 대풍보주는 흐뭇하게 받아서 단숨에 입속에 쏟아붓고는 감탄을 터뜨리다가 화용군을 보며 의아한 표정을 지었다.

"캬아… 과연 예쁜 우리 딸이 따라준 술맛이란… 기막히게 맛있구나… 어? 자네 아직도 거기에 있었나?"

화용군은 속으로 부아가 치밀었으나 내색하지 않고 자신이 일어났던 자리로 가서 털썩 앉고는 빈 잔을 들어 술을 따르려고 했다.

"술은 여자가 따라야 제맛이래요."

그러자 색목 소녀가 그의 손에서 술병을 뺏듯이 낚아채서 따르면서 새근새근한 목소리로 속삭이듯 말했다.

"아니, 표야. 너 아버지 이외의 사내에게 술을 따르고 있는 것이냐, 시방?"

"그게 뭐 어때서요?"

색목 소녀 백표는 조금 전에 부친에게 둔부를 얻어맞은 것에 대한 작은 복수라도 하는 듯 개의치 않고 의기양양한 표정으로 말했다.

"너… 아버지 이외의 사내에게 술을 따른 적이 한 번도 없었잖느냐?"

"이제 나이도 찼으니까 따를 시기가 된 거죠, 뭐."

한술 더 떠서 백표는 혀를 낼름 내밀고는 귀엽게 코끝을 찡긋해 보였다.

"허허… 이거야……."

대풍보주는 웃으면서도 서운한 표정을 감추지 못했다.

"저한테서 냄새 안 나요?"

화용군이 첫 잔을 비우고 나자 백표가 마치 맑은 계류가 바위에 부딪치면서 흘러내리는 듯한 상쾌한 목소리로 짤랑거리며 물었다.

화용군은 슬쩍 미간을 좁히면서 백표를 쳐다보았다.

백표는 화용군보다 더 의아하고 또 뭔가 기대하는 듯한 표정으로 그를 말끄러미 바라보고 있었다.

그러고 보니까 화용군은 정말 아까처럼 숨이 막히고 속이 뒤집힐 것 같은 호취가 그녀에게서 느껴지지 않아서 이상하다는 생각이 들었다.

백표는 조금 전까지만 해도 자신에게서 나는 호취 때문에 화용군이 저만치 도망을 쳤었는데 지금은 아무렇지도 않은 듯이 앉아서 술을 마시고 있는 모습을 보고 그냥 넘어가지 못하고 무척 진지해졌다.

"보세요."

백표가 가리키는 뒤쪽을 돌아보던 화용군은 아까부터 그곳에 나란히 서 있던 두 명의 호위무사가 보이지 않는 것을 그제야 알게 되었다.

"그들은 제 냄새 때문에 도망갔어요. 제게서 나는 호취 때문에 부모님 두 분 빼고는 아무도 제 근처에 가까이 오지 못해요."

"……."

화용군은 일순 약간 어리둥절한 표정을 지었다. 두 명의 호위무사가 호취 때문에 도망간 것은 당연할 정도로 이해가 된다.

그 자신도 참지 못하고 퉁기듯 자리에서 일어났으니까 말이다. 목적한 일만 없었다면 그는 지금쯤 북경으로 돌아가고 있는 중일 것이다.

그런데 어째서 지금의 그는 그 지독한 호취에도 아무렇지 않게 가만히 앉아 있는 것인지 모를 일이다.

백표가 화용군에게 조금 가깝게 다가앉으면서 몹시 긴장한 표정으로 물었다.

"냄새나요?"

"조금."

"아까처럼 심하지 않죠?"

"그렇소."

사실이 그랬다. 그의 코가 어떻게 된 것인지 그녀에게서 호취가 갑자기 덜 나는 것인지 어쨌든 지금은 충분히 견딜 수 있을 정도다.

화용군은 백표의 얼굴에 기쁨이 떠올랐으나 그녀가 애써 참고 있다는 것을 간파했다.

"자네 잠깐 이리 와보게."

그때 대풍보주가 손짓을 하며 부르자 화용군은 자리에서 일어나 그에게 갔다.

그런데 대풍보주는 그가 가까이 오기도 전에 손짓으로 돌아가라는 시늉을 했다.

"아니, 그냥 가보게."

뚝 걸음을 멈추고 천천히 돌아서는 화용군의 머리가 비상하게 돌아갔다.

그는 조금 전에 호취 때문에 자리에서 일어났다가 되돌아갔을 때 냄새가 확연히 약해졌던 것을 느꼈었다.

저 백표라는 여자의 암내는 처음에는 지독하지만 한 번 거리를 두고 떨어졌다가 두 번째로 다시 맡으면 견딜 만한 냄새가 되는 것 같다.

하지만 그것이 어떤 이유에서 그러는 것인지는, 다른 사람들도 그러는지는 그로서 알 까닭이 없다.

그리고 다시 한 번 그녀에게서 거리를 두고 떨어졌다가 세 번째로 가까이 다가가면 냄새가 아예 느껴지지 않을지도 모른다.

대풍보주가 그를 이유 없이 불렀다가 돌아가라고 한 이유가 바로 그것 때문일 것이다.

화용군은 궁금함을 품고 자리에 앉으려다가 백표가 자신보다 훨씬 더 긴장한 표정으로 뚫어지게 주시하고 있는 모습을 발견했다.

"어때요?"

그가 자리에 앉자마자 백표는 조금 더 가깝게 다가앉아 아예 딱 밀착하면서 물었다.

화용군은 지금 벌어지고 있는 상황이 조금 신기해서 그녀가 바싹 다가앉는 것을 개의치 않았다. 더구나 그는 그녀에게서 조금도 냄새를 맡지 못했다.

"아무런 냄새도 나지 않소."

"그래요?"

백표는 환한 표정을 지었다.

"아니오."

"뭔가요?"

화용군이 고개를 갸웃거리자 백표는 닿을 듯이 얼굴을 바싹 갖다 댔다.

화용군은 한 뼘 짧은 거리의 백표 얼굴을 뚫어지게 주시하며 말했다.

"낭자에게서 기이한 향기가 나는 것 같소."

"아……."

백표 얼굴에 환희의 표정이 햇살처럼 번졌다.

"어떤 향기죠?"

"모르겠소. 하지만 매우 좋은 향기요. 맡고 있으면 기분이 좋아지는 것 같소."

그것은 거짓말이 아니다. 거짓말을 할 이유가 없다. 지금은 그녀에게서 나는 아주 좋은 향기에 기분이 상쾌해지고 머리가 맑아지는 것이 생생하게 느껴졌다. 아무리 생각해도 이해할 수 없는 일이다.

"어떡하면 좋아……."

백표는 두 손을 가슴에 모으고 눈물까지 글썽이면서 몹시 기쁘고 감격한 표정을 지었다.

"자네 그게 정말인가?"

대풍보주는 크게 흥분한 나머지 아예 자리에서 일어나 뚱뚱한 몸을 흔들면서 물었다.

"그렇소."

총명이 과잉한 화용군이지만 이들 부녀가 어째서 그깟 호취 때문에 이처럼 민감하게 반응하는 것인지는 짐작조차 하지 못했다. 그렇지만 궁금하진 않았다. 자신하고는 상관이 없기 때문이다.

"향기가 느껴진다고? 그건 아비인 나와 표아 어미도 못 느끼는 것인데…….”

화용군은 정말 백표에게서 향기가 느껴졌다. 그 자신도 그게 이상할 따름이다.

처음에는 토할 것 같은 악취였는데 어째서 지금은 맡기만 해도 기분이 상쾌해지는지 도무지 짐작조차도 되지 않았다. 이런 일은 들어본 적도 없다.

“정말 저한테서 향기가 나요?”

백표는 화용군에게 덤벼들 것처럼 상체를 기울이며 물었다. 그녀의 가슴이 중원의 여자들하고는 비교할 수 없을 정도로 크고 풍만해서 가슴이 먼저 화용군의 어깨에 닿았다.

그런데 화용군은 그녀를 밀어내려다가 그녀의 두 눈에 눈물이 가득 고여 있는 것을 발견하고는 멈칫하며 고개를 끄떡였다.

“그렇소.”

“으앙—”

와락!

“허엇!”

그 순간 백표가 갑자기 화용군에게 안겨들면서 두 팔로 그의 목을 끌어안으며 울음을 터뜨렸다.

화용군은 깜짝 놀랐으나 그녀를 떼어내지 못하고 그대로 가만히 있었다.

그는 백표와 대풍보주의 행동에서 백표의 호취에 얽힌 뭔가 사연 같은 것이 있을 것이라는 생각이 들었다. 그래서 이들이 이처럼 민감하게 반응하는 것일 게다.

"엉엉—"

백표는 그를 끌어안고 어린아이처럼 울었다. 그녀의 뼈가 없는 듯 나긋나긋하고 그러면서도 풍만한 육체를 온몸으로 느끼면서도 그는 추호의 욕정도 일어나지 않았다. 누나와의 불행했던 일 이후 그 스스로 여자에 대한 모든 감정을 닫아버렸기 때문이다.

백표는 좀처럼 화용군에게 떨어지려고 하지 않았으며 울음을 그치지도 않았다.

꽤 오랜 시간이 흘러서야 그녀가 떨어졌으나 그래도 두 팔로 화용군의 한쪽 팔을 꼭 가슴에 끌어안고는 놓을 줄을 몰랐다.

그녀의 얼굴에는 터질 것 같은 기쁨이 가득했고 화용군을 바라보는 눈빛에는 뭐라고 설명하기 어려운 정감이 듬뿍 담겨 있었다.

"내 마누라는 색목인일세. 파사국(波斯國:페르시아) 여자야. 그러니까 표아는 혼혈인 게지."

대풍보주는 지나치게 흥분한 나머지 술에는 손도 대지 않고 화용군과 백표를 번갈아 보면서 흐뭇한 미소를 지으며 장황하게 설명했다.

"마누라도 호취가 심하다네. 그렇지만 나와 표아는 아무렇지도 않다네. 우리 세 사람은 서로에게 전혀 냄새를 느끼지 않는 거야. 그렇지만 다른 사람들이 맡으면 혼절하고 자빠진다는 걸세."

백표는 화용군 어깨에 뺨을 비비는데 그는 어깨가 축축한 걸 느끼고 그녀가 계속 울고 있다는 것을 알았다. 대풍보주의 설명을 듣고 보니 백표의 행동을 조금쯤 이해할 수도 있을 것 같았다.

"나하고 마누라 외에 표아의 호취를 맡고 아무렇지도 않은 사람은 자네가 처음일세. 그런데 더구나 우리는 느끼지도 못하는 향기까지 느끼다니……."

화용군은 거기에 대해서 생각해 봤으나 그 역시도 왜 그러는 것인지 불가해다.

대풍보주는 생각난 듯이 불쑥 물었다.

"그런데 자네 뭐하는 사람인가?"

화용군이 어떻게 대답할까 생각하고 있을 때 그의 말이 맞는지 확인하러 나갔던 총당주가 돌아왔다. 그는 대풍보주에게 공손히 보고했다.

"맞습니다. 혈명단에서 백여 명 가까운 인원이 어젯밤에 빠져나갔다고 합니다."

화용군은 총당주가 그 사실을 어떻게 알아냈는지 궁금했지만 아무 말도 하지 않았다.

* * *

혈명단 제남지단주이자 제남 황하유가의 일홍각 각주인 그녀의 말이 결과적으로 맞았다.

그녀가 화용군에게 일러주었던 대로 혈명단 북경지단은 북경 외성에 있는 통천방이었다.

그것을 확인시켜 준 사람은 대풍보주다. 그는 화용군의 물음에 어느 것 하나 감추지 않았으며, 자신이 알고 있는 것은 물론이고 모르는 것들은 총당주를 시켜서 알아 오라고까지 해서 가르쳐 주는 열정을 보였다.

대풍보주의 그런 열정은 화용군이 중요한 사실을 미리 알려준 대가치고는 너무 과했다.

아마도 화용군이 자신의 딸 백표에게서 향기를 느끼는 유일한 사람이기 때문일 것이다.

백표에게서 호취가 아닌 향기를 느끼는 세상천지에 단 하나뿐인 사람이 바로 화용군이기에 대풍보주에게는 매우 중요한 사람이다.

하지만 화용군에게 그런 자질구레한 것들은 아무래도 상관이 없는 얘기다.

자신하고는 관계가 없기 때문이다. 다만 그로 인해서 대풍보주가 성심성의껏 혈명단에 대해서 말해주고 또 알아봐 준 것은 다행한 일이다.

그렇다고 해도 화용군이 정말 놀란 한 가지가 있다. 이국적인 매력을 풀풀 풍기는 그 한 마리 야생마처럼 활달한 백표가 이제 겨우 열네 살밖에 안 됐다는 사실이다.

대풍보주 말로는 파사국이라는 나라의 여자들이 다 그렇다는 것이다.

그는 삼십팔 세 때 해외 교역선을 타고 파사국에 갔다가 지금의 부인을 얻었는데 그때 부인의 나이가 겨우 열여섯 살이었다고 한다.

대풍보주가 혈명단에 대해서 자세히 알 수 있었던 것은 북경의 개방을 통해서라고 했다. 북경이든 제남이든 개방은 정보통으로 유명하다.

해시(亥時:밤 10시경) 무렵. 북경 통천방의 뒤쪽 담을 넘는 하나의 검은 그림자가 있다.

화용군이다. 그는 지난번에 한 번 월담했던 적이 있는 통천방 뒷담을 다시 넘었다.

사삭…….

한 번 왔었던 곳이라서 주저함 없이 전진하는 그의 행동이 살쾡이처럼 능숙하고 민첩하다.

대풍보주가 내일 자신과 함께 북경에 오자고 했지만 한시가 급한 화용군은 거절하고 혼자 왔다.

지금이 해시니까 한 시진 후 자정에는 완평현 진도방이 대풍보를 급습할 것이다.

그래서 대풍보주가 오늘 밤 싸움이 끝나고 나서 내일 자신과 같이 북경에 오자고 제의한 것이다.

그는 화용군 덕분에 진도방을 박살 낼 수 있게 되었다고 몇 번이나 고맙다고 말했었다.

화용군이 백표의 호취를 향기로 맡기 전에는 진도방의 도발을 알려준 그에게 떨떠름했던 대풍보주였는데 호취가 향기로 바뀐 직후에 급격히 변했다.

화용군은 그걸 알지만 내색할 필요가 없었다. 목적만 이루면 그만이기 때문이다.

대풍보주가 개방을 통해서 알아보려고 노력했지만 누가 혈명단에 청부하여 구주무관을 몰살시켰는지는 결국 알아내지 못했다.

그는 화용군을 도와주려고 최선을 다했으나 그것까지는 역부족이었다.

잠시 후 자정이면 대풍보와 진도방의 싸움이 벌어질 터이다. 대풍보가 급습 사실을 미리 알고 만반의 준비를 갖출 테니까 그것은 싸움이라기보다는 진도방과 백 명의 혈명전사를 함정에 빠뜨려서 전멸시키는 것일 게다.

대신 대풍보주는 화용군에게 평소에 자신의 정보통으로 상부상조하고 있는 개방 북경총타 휘하 외성분타(外城分陀)의 한 사람을 찾아가라고 일러주었다.

화용군은 외성분타로 직접 찾아갈 필요가 없었다. 대풍보주가 날려 보낸 전서구를 받은 외성분타의 개방제자가 화용군을 통천방 근처에서 미리 기다리고 있었기 때문이다.

능개(能丐)라는 이름의 개방제자는 사결(四結)이며 외성분타주의 직책이다.

그는 통천방에서 화용군이 헤매지 않도록 내부 지리와 누굴 찾아가야 하는지를 자세히 가르쳐 주었다.

자정으로 향하고 있는 통천방은 쥐 죽은 듯이 조용하고 사람은 그림자조차 보이지 않았다.

화용군은 한 번 잠입했던 곳이고 또 능개가 그림을 그려가면서 해준 설명이 완벽해서 마치 제집처럼 막힘없이 통천방 안을 누볐다.

스사아…….

그가 전개하는 무당파의 경공술 암향표는 절정이라고는

할 수 없어도 일류급 수준이다.

만약 그가 무당파에 가서 암향표를 펼친다면 일대제자 중에서도 수위를 차지하게 될 터이다.

능개가 가르쳐 준 통천방 내부 지리가 워낙 세밀해서 그는 담을 넘은 지 열 호흡 만에 목적한 곳에 도착했다.

통천방 열다섯 개의 전각 중에서 비교적 외곽 동떨어진 위치에 자리 잡고 있는 한 채의 이 층 전각의 이 층 어느 창에서 늦은 시각인데도 불빛이 흘러나오고 있었다.

능개의 말에 의하면 이곳이 통천방의 서무(庶務)를 맡고 있는 사의당(事宜堂)이며 늘 야반(夜班:야근)을 하기 때문에 불이 켜 있을 것이라고 했다.

그리고 누가 혈명단에게 구주무관을 몰살시키라고 청부했는지는 통천방주, 즉 혈명단 북경지단주보다 사의당주가 더 잘 알고 있을 것이라는 말을 덧붙였다.

능개의 말이 백 번 옳다. 사의당은 혈명단 북경지단 일체의 사무를 맡고 있기 때문에 혈명단 북경지단이 여태껏 행했던 모든 일을 오히려 북경지단주보다 더 자세히 알고 있을 것이다.

더구나 사의당주는 북경지단주보다 무위(武威)도 낮은데다 경계도 심하지 않을 테니까 화용군으로서는 더할 나위 없는 조건이다.

그러기에 옛말에도 머리가 나쁘면 손발이 고생을 한다는 말이 있지 않은가.

아무것도 몰랐을 때에는 이곳이 혈명단 북경지단이라는 사실을 알고서도 몇 바퀴 둘러보고는 북경지단이 아닌 것 같다고 스스로 결론을 내렸었다. 그러니 정보라는 것이 얼마나 중요한 것인가.

제23장

괴물이 되어가고 있다

삭…….

화용군은 신형을 수직으로 솟구쳐서 불이 켜져 있는 사의 당 이 층의 창 옆에 기척 없이 내려섰다.

조심스럽게 한쪽 눈으로만 실내를 살피니까 삼면 벽에 서 가가 빼곡하고 바닥에는 질서 있게 십여 개의 탁자가 놓여 있 는데 탁자에는 종이 다발이나 장부들이 수북했다.

그리고 띄엄띄엄 놓인 세 개의 탁자에 한 명씩 세 명이 촛 불 아래에서 뭔가를 열심히 뒤적이거나 쓰고 있는 모습이 보 였다.

어떻게 할까 잠시 생각하던 화용군은 가장 가까운 창 쪽에 앉은 삼십 대 후반의 사내를 남겨두고 안쪽의 두 명은 죽이기로 결정했다.

돈을 받고 남의 목숨을 끊는 몹쓸 일을 하는 자들이므로 죽이는 데 추호의 거리낌이 없다.

스응—

그는 어깨의 검을 왼손으로 뽑으면서 동시에 오른팔의 야차도를 흘려내려 오른손으로 잡으며 창 안으로 불쑥 거침없이 들어갔다.

"음?"

창가 탁자에 웃통을 벗은 채 앉아서 뭔가를 열심히 쓰고 있는 통통한 몸집의 사내는 흐릿한 검은 물체가 자신의 곁을 스쳐 지나가자 고개를 들고 옆을 쳐다보았다.

하지만 이상한 것을 발견하지 못한 그는 다시 고개를 숙이고 하던 일을 계속했다.

팍! 푹!

"흐윽!"

"끅!"

그런데 갑자기 뒤쪽에서 이상한 음향과 답답한 신음 소리가 한꺼번에 뒤섞여서 들리자 그는 깜짝 놀라서 다시 고개를 들면서 뒤돌아보았다.

쉐애―

"억!"

그 순간 그는 뭔가 실처럼 가느다란 것이 목을 콱 조이는 압박감을 느끼고 다급하게 목을 움켜잡았다.

"끄으으……."

그렇지만 뭔가 목을 조르는 것은 분명한데 아무것도 손에 잡히지 않는다.

아주 가느다란 것이 목의 살 속으로 깊숙이 파고들어 조여서 숨을 쉴 수가 없다.

순식간에 실내 안쪽의 두 명을 각각 검과 야차도로 목과 미간을 정확하게 찔러서 죽인 화용군이 창가 쪽에 앉은 자에게 야차도를 던져서 천심강사로 목을 세 바퀴 칭칭 감아버린 것이다.

"하나만 묻겠다."

그때 천심강사에 목이 감긴 사내의 바로 뒤에서 나지막하면서 녹슨 쇠를 긁는 듯한 듣기 거북한 목소리가 들렸다.

화용군은 기분이 나쁠 때나 혹은 긴장했을 때, 어쨌든 평소하고 다를 때 목소리가 변한다.

그 역시 누나의 일 이후에 번뇌하다가 생긴 변화지만 정작 그 자신은 잘 모르고 있다.

팩!

그런데 화용군이 다음 말을 하려는 순간 사내가 느닷없이 몸을 번개같이 돌리면서 오른팔을 휘둘렀다.

파악—

"끅!"

사내는 만약을 위해서 언제나 탁자 아래에 한 자루 검을 감춰두고 있었는데 그것을 잡고 몸을 돌리면서 벼락같이 휘두른 것이다.

그러나 화용군이 검을 피하느라 이궁역위의 수법으로 재빨리 뒤로 일 장 정도 물러나는 바람에 사내의 목에 감겨 있는 천심강사를 저절로 당기게 되어 그의 목이 싹둑 잘라져 버렸다.

쿵…….

한마디 신음조차 지르지 못한 사내와 그의 목에서 분리된 머리통이 바닥에 쓰러졌으며 머리통은 탁자 아래로 구르다가 멈추었다.

화용군은 갑자기 힘이 빠져 버렸다. 마지막으로 죽은 이 사내의 나이가 가장 많게 보여서 아마도 그가 사의당 당주이거나 지위가 높을 것이라고 짐작하여 제압해서 심문하려고 했는데, 그가 갑자기 반격을 하는 바람에 허무하게 죽이게 될 줄은 전혀 예상하지 못했었다.

화용군은 그 자리에 우두커니 서서 이제 어떻게 해야 할지 조금 막막한 심정이 되었다.

사의당에 있는 세 명을 모두 죽여 버렸으니 붙잡고 물어볼 사람이 없어진 것이다.

그는 검과 야차도를 집어넣으면서 천천히 실내를 둘러보며 생각을 정리했다.

개방 북경 외성분타주 능개는 이런 상황에는 어떻게 하라고 조언해 주지 않았었다.

그가 예언자가 아닌 이상 이런 상황이 벌어질 것이라고는 짐작하지 못했을 것이다.

단지 능개는 지금 이 시간에는 통천방주, 아니, 혈명단 북경지단주가 이곳에 없으며, 대풍보 공격으로 출동한 백 명의 혈명전사를 지휘하기 위해서 대풍보가 있는 산방현에 가 있을 것이라고 귀띔을 해주기는 했었다.

그러므로 북경지단주를 제압해서 심문을 하는 방법은 애당초 사라졌다.

북경지단주를 만나려면 대풍보로 다시 돌아가야만 한다. 하지만 거기에서 어떤 상황이 벌어지고 있는지 모르는데 그를 잡으러 가는 것은 불가능하다.

또한 능개는 직책이 개방 외성분타주라서 분타로 돌아갔거나 자신의 집이든 어디론가 가버렸을 것이기 때문에 그를 만나는 것 자체가 어렵다.

이러지도 저러지도 못하는 상황에 처한 화용군은 답답하기 짝이 없는 심정이다.

그때 문득 그의 시선이 조금 전에 천심강사에 목이 잘라져서 마지막으로 죽은 사내의 탁자에 펼쳐져 있는 장부에 멈춰졌다.

죽은 사내가 작성하던 장부에 적혀 있는 글을 읽던 그의 표정이 변했다.

'이건?'

팔락… 팔락…….

그는 급히 장부를 집어 들고 사내가 작성하던 장부터 되짚어서 읽었다.

장부에는 혈명단 북경지단이 청부를 받은 일과 처리한 일, 그리고 금액이 얼마였으며, 누가 청부했다는 것까지 꼼꼼하게 적혀 있었다.

뚝.

그러다가 두어 장쯤 남겨둔 곳에서 그의 손이 뚝 멈추고 얼굴이 와락 굳어졌다.

맨 오른쪽에 적혀 있는 '구주무관 멸(滅)' 이라는 다섯 글자가 눈에 확 꽂혔다.

청(請) 감태정(坎泰正)

본(本) 구주무관 멸절(滅絶)

금(金) 후수(候手) 三百 人

결(結) 완료(完了)

장부를 쥐고 있는 그의 두 손이 부들부들 떨렸고 입에서는 신음 소리가 저절로 흘러나왔다.

"으으……"

백학선우가 혈명단에 청부하여 구주무관을 몰살시켰다는 증거가 지금 그의 손안에 있다.

청부를 한 자는 감태정이다. 백학선우의 이름이 감태정이라는 사실을 대명제관, 아니, 제남에서 모르는 사람은 아무도 없을 것이다.

청부의 결과는 완료, 즉 구주무관을 멸절시켰으며 '금'은 청부 금액이라는 뜻일 게다.

그런데 액수 대신 '후수 삼백 인'이라고 적힌 뜻을 정확하게 모르겠다.

하지만 지난번 일홍각에서 혈명단 제남지단주와 백학무숙 총관 감도능의 대화를 떠올린다면 전혀 감이 안 잡히는 것은 아니다.

그때 제남지단주는 혈명단의 요구라면서 살수 후보로 쓸 인재를 더 많이 조달해 달라고 말했었다.

두 사람은 '후보'라는 말을 사용했었지만 그들이 성장하여 살수가 된다는 점을 고려해 봤을 때 '후수'라고도 호칭할 수 있을 것이다.

그러니까 '후수'는 살수 후보를 뜻하는 것이고, 백학선우 감태능은 구주무관을 몰살시킨 대가로 혈명단에 살수 후보 삼백 명을 조달해 준다는 것이다.

맨 마지막에 '결 완료'는 보나마나다. 구주무관을 멸절시키는 청부에 대한 결과가 완료라는 뜻이다.

이것으로 혈명단 북경지단에 잠입한 목적을 달성했다. 이제 남은 것은 백학선우 감태능을 찾아가서 가장 잔인한 방법으로 죽이는 일이다.

그런데 장부를 손에 쥐고 창 쪽으로 걸어가려던 그는 문득 걸음을 멈추고 조금 전에 장부가 놓여 있었던 탁자를 돌아보았다.

그때 마침 좋은 생각이 떠올랐다. 이곳 사의당에는 그가 갖고 있는 장부 한 권만이 아니라 그동안 혈명단 북경지단이 청부를 받고 또 완료한 일들을 기록해 놓은 장부들이 어딘가 더 있을 것이다. 그것을 찾아보기로 했다.

혈명단에 청부를 한 백학선우 같은 놈들은 악인이 대부분일 것이다.

행여 가뭄에 콩 나듯이 아주 억울한 사연이 있기는 하겠지만 대부분 자신의 사리사욕을 위해서 돈을 주고 사람을 죽여 달라고 했을 터이다.

그리고 청부자들은 그런 사실들이 세상에 알려지는 것을 결단코 원하지 않을 것이다.

화용군은 그런 사실들이 자세히 기록된 장부들을 찾아내려는 것이다.

그것을 찾아내면 어떻게 사용할지에 대해서는 아직 생각하지 않았으나 시간을 두고 생각한다면 좋은 방법이 떠오를 것이다.

혈명단 북경지단에 잠입했던 화용군은 반 시진 만에 들어갔던 뒷담으로 다시 나왔다.

자정이 다 되어가는 늦은 시각이지만 북경에는 더 이상 볼 일이 없으므로 그는 밤을 도와서 부지런히 제남으로 가려고 마음먹었다.

구주무관에 두고 온 나운향과 서진, 서동 두 아이가 자꾸만 걱정이 돼서 신경이 쓰였다.

곽림이 믿을 만해서 나운향 등을 호위하라고 맡기긴 했지만 신경이 쓰이긴 마찬가지다.

혹여 구주무관을 해코지하려는 자들이 쳐들어온다면 곽림 혼자서 당해낼 수 없을 터이다.

애당초 방방이 쓸데없는 일을 한 것이다. 화용군이 혼자서 밥을 해 먹고 누나의 제단에 밥이나 요리를 해서 올리는 것을 보고 방방 제 딴에는 그를 돕고 싶어서 거지 꼬락서니의 나운향을 데려온 것이다.

화용군은 하녀를 얻고 나운향은 자신과 두 아이의 숙식을 해결하는 것이니 상부상조다.

하지만 그렇게 해서 또다시 화용군으로서는 원하지 않았던 인연이 시작된 것이다.

화용군은 북경에 와서 자꾸만 나운향과 두 아이가 걱정이 되자 비로소 쓸데없는 인연을 만들어 사서 고생을 하고 있다는 생각이 들었다.

새로운 인연은 만드는 것이 아니다. 그러면 그 사람을 책임져야 하는데 이제는 그럴 자신이 없다.

아니, 그래야 할 이유가 없는 것이다. 하나뿐인 혈육 누나조차도 지키지 못했는데 대관절 누굴 지키고 누굴 책임진다는 말인가.

그게 아니다. 그는 누나를 지키지 못한 것이 아니라 누나를 짓밟았고 그녀를 죽음으로 몰아넣었다.

그녀의 모든 것을 무참하게 짓밟고 강탈했다. 더불어서 자신의 양심을 비롯한 인간이 갖춰야 할 기본적인 것들마저 깡그리 짓뭉개 버렸었다.

그러니까 이번에 제남에 돌아가면 구주무관에서 살고 있는 나운향 가족을 떠나게 할 생각이다.

어디서라도 먹고살 기반을 마련해 주면 그녀들이 구태여 구주무관에서 화용군의 시중이나 들 필요가 없다. 서로 떨어져서 살면 누이 좋고 매부 좋은 것이다.

"여기요."

화용군이 제남으로 가기 위해서 거리의 남쪽이 어느 방향인가 가늠하느라 두리번거리고 있는데 가까운 곳에서 조용한 목소리가 들렸다.

순간 그는 그것이 개방 북경 외성분타주 능개의 목소리라는 사실을 깨달았다.

거리는 몹시 캄캄한데도 능개는 그리 멀지 않은 골목 어귀에 모습을 감춘 채 화용군에게 그쪽으로 오라고 손짓을 해 보였다.

시커먼 어둠 속에서 하얀 손모가지가 흔들리는 것이 마치 유령이 너울거리는 것 같았다.

휙—

화용군이 골목어귀로 쏘아가자 능개는 조금 더 안쪽으로 들어가서 뒤돌아섰다.

"가지 않았소?"

"무(戊) 보주가 귀하를 끝까지 도와주라고 부탁했소."

화용군은 대풍보주의 성이 '무' 씨라는 것을 능개의 입을 통해서 처음 알게 되었다.

그리고 대풍보주의 배려가 고맙기는 하지만 이제는 조금 성가시다는 기분이 들었다.

"고맙다고 전해주시오."

"대풍보로 가지 않소?"

"가지 않소."

능개는 더 이상 채근하지 않고 고개를 끄떡이고 나서 또 물었다.

"들어갔던 일은 어찌 됐소?"

그는 화용군의 목적이 무엇인지 알고 있다. 목적을 이루기 위해서는 능개에게 일의 내용을 얘기할 수밖에 없었다.

화용군은 대답하지 않고 가볍게 고개를 끄떡였다. 잘 처리했다는 뜻이다. 그러고는 가기 위해서 골목어귀 쪽으로 몸을 돌렸다.

"무 보주는 귀하가 대풍보로 돌아와 주기를 바라오."

"그와의 일은 끝났소."

화용군은 대풍보주는 물론이고 그의 향기 나는 딸도 앞으로는 영영 볼일이 없을 것이라고 생각하면서 골목 밖 거리로 나섰다.

"무 보주가 귀하의 정체가 뭐냐고 물으면 사실대로 말해줘

도 괜찮소?'

화용군은 걸음을 뚝 멈추고 능개를 돌아보았다. 능개의 말
인즉 화용군이 누군지 알고 있다는 뜻이다.

화용군은 다시 그에게 천천히 걸어갔다.

"내가 누군지 아오?"

그렇게 물으면서 능개가 아마도 그를 구주무관의 강호 사
범이라 알고 있을 것이라 생각했다.

구주무관이라고 하면 최후의 생존자가 강호 한 사람뿐이
기 때문이다.

그런데 능개의 입에서 흘러나온 말은 뜻밖의 이름이다.

"화용군."

"……."

화용군은 움찔했다가 곧 얼굴이 차가워졌다. 그는 자신의
얼굴이 차가워졌다고만 생각할 뿐이지 타인이 어떻게 보는지
는 전혀 모르고 있다.

"훗……."

화용군에게서 시선을 떼지 않고 있던 능개는 갑자기 부르
르 몸을 떨었다.

화용군의 두 눈에서 돌연 푸르스름한 안광이 뿜어지고 몸
뒤쪽 어둠 속에서 부윰한 검은 기운이 뭉클뭉클 피어오르는
것을 발견했기 때문이다.

그것은 살기(殺氣)하고는 차원이 다른 것이다. 살기는 죽이려는 기운이지만 지금 능개가 느끼고 있는 것은 뼛속으로 스며드는 공포심이다.

능개는 부지중 주춤 한 걸음 뒤로 물러나며 그답지 않게 변명을 했다.

"귀하를 발견하면 즉시 알려달라고 본 방에 협조문이 왔기 때문이오."

자신에게서 그런 공포스러운 기운이 발산된다는 사실을 모르는 화용군은 능개의 말에 기운이 약간 누그러졌다.

그러나 여전히 동공이 보이지 않는 옅은 푸른 눈빛을 흘리며 물었다.

"협조문이라니?"

"항주 남천문에서 보냈소."

"남천문?"

화용군은 움찔했다. 그러면서 그에게서 발산되고 또 그를 감싸고 있던 기운이 일시에 사라졌다.

남천문의 일은 깨끗하게 끝났다고 생각했던 그는 큰 충격을 받았다.

'애새아비아탈취사건'의 배후 조종자였으며 남천문 소문주이자 총전주인 주고후 이하 백호전주 마궁평, 백호전 수석단주 우경도 등을 모두 죽여서 가문의 철천지원수를 갚은 것으로 그 일에 대해서는 완결을 지었다고만 생각했었지 설마 남천문이 북경의 개방에까지 협조문을 보낼 줄은 꿈에도 예상하지 못했었다.

남천문주 남천왕 주헌중은 당금 대명제국 황제의 친동생으로 절강성 일대에서 막강한 권력을 휘두르고 있다.

그러므로 그가 아들이며 왕자인 주고후를 죽인 범인을 끝까지 찾아내려고 발악할 것이라는 생각은 하고 있었다.

하지만 화용군이 항주에서 완전히 벗어나 천여 리나 먼 곳에 머물고 있는 상황에서는 제아무리 남천왕이라고 해도 그를 찾아낼 재주가 없을 것이라는 생각에 항주에서의 일은 앙금조차도 남겨두지 않고 잊어버렸었다.

능개는 화용군의 반응을 보고 그가 화용군이 틀림없다고 확신했다.

또한 그에게서 뿜어지던 기운이 일시에 사라지자 조심스럽게 그에게 다가와 두 걸음 앞에서 말문을 열었다.

"남천문은 개방에 귀하의 전신(傳神:초상화)과 함께 찾아내서 알려주면 후사하겠다는 내용을 보내왔소."

"전신?"

화용군은 흠칫했다. 그는 항주에서 백호전주 마궁평을 죽일 때 이름을 밝혔었지만 얼굴은 드러나지 않았었다. 그런데 어떻게 남천문이 개방에 전신을 보내온 것인지 이해가 되지 않았다.

"아마도 그들은 제남에서 여기저기 수소문하여 귀하의 얼굴을 알아낸 것 같소."

"제남에서?"

제남이라는 말에 반사적으로 구주무관에 두고 온 나운향 일가가 떠올랐다.

"자세한 내용은 잘 모르고 다만 제남에서 귀하의 얼굴을 알고 있다는 사람 여럿의 말을 종합해서 전신을 그린 모양이오. 그런데……."

능개는 고개를 갸웃거리다가 피식 웃었다.

"그 전신만으로는 진짜 화용군을 찾기는 어렵겠소."

그의 말에 화용군은 전신이 엉터리라고 생각했다. 하지만 남천문 무사들이 그를 찾으려고 제남을 들쑤시고 다녔다는 사실이 영 께름칙했다.

능개는 진지한 표정을 지었다.

"그렇지만 들판 어딘가에 불이 붙으면 그것이 아무리 작은 것이라고 해도 끄지 않으면 언젠가는 들판 전체를 태우게 될 것이오."

"무슨 뜻이오?"

"불을 끄긴 꺼야 하는데 귀하가 주고후를 죽인 일의 파장이 엄청나게 커지고 있기 때문에 귀하 혼자서 감당하기에는 벅찰 것 같소."

아무래도 능개는 화용군이 모르고 있는 것들을 꽤 많이 알고 있는 것 같았다.

"나 혼자 감당하기 벅차니까 누군가의 도움을 받으라는 뜻이오?"

"그렇소."

능개는 순순히 고개를 끄떡였다.

"그 누군가가 혹시 대풍보주요?"

"아니오."

도움을 받으라는 것은 상대가 도움을 주겠다고 할 때 가능한 것이다.

그런데 대풍보주 말고 화용군을 돕겠다는 사람이 또 있을 줄은 몰랐다.

"그럼 누구요?"

벽돌처럼 네모지고 단단한 인상이며 이십 대 후반의 나이인 능개는 진지한 표정으로 고개를 가로저었다.

"귀하가 그분을 만나보면 자연히 알게 될 것이오."

화용군은 혈명단 북경지단 쪽을 쳐다보았다. 그가 죽인 사의당의 세 명을 누군가 발견한다면 시끄러워질 것이기 때문에 속히 이곳을 벗어나는 게 좋다.

슥—

"그렇다면 알고 싶지 않소."

그래서 그는 자르듯이 냉랭하게 말하고는 몸을 돌려 거리 반대쪽으로 달렸다.

능개는 급히 그를 부르려다가 그만두었다. 쥐 죽은 듯이 조용한 이곳에서 큰소리로 그를 불렀다가는 무슨 사단이 벌어질는지 모른다.

그래서 쏘아가고 있는 화용군을 묵묵히 바라보고만 있는데 그의 모습은 숨을 두 번 쉬기도 전에 시야에서 감쪽같이 사라져 버렸다.

'대단한 경공술이로군. 무당파의 암향표 같은데……'

능개는 텅 빈 밤거리에 서서 혼자 감탄했다. 그러나 화용군이 무당파의 암향표를 전개하는 것을 이상하게 생각하지는 않았다.

구주무관을 개관한 단운택이 무당파의 속가제자라는 사실을 알고 있기 때문이다.

*　　　*　　　*

북경 외성의 성벽을 넘은 화용군은 제남을 향해 경공술을 전개하여 달리고 있다.

그의 품속에는 혈명단 북경지단 사의당에서 갖고나온 세

권의 책자, 즉 청부장(請負帳)이 들어 있다.

그 책자들에는 최소한 백여 개의 살인 청부에 대한 내용이 자세하게 적혀 있다.

그것을 어떻게 할 것인지 몇 가지 방법이 떠오르긴 했으나 아직 뚜렷한 결정을 내리지는 않았다.

구주무관을 몰살시키라고 살인 청부를 한 백학선우 감태정이야말로 갈가리 찢어죽일 놈이지만 그렇다고 혈명단의 죄가 사라지는 것은 아니다.

돈을 받고 사람을 죽여주는 혈명단 같은 집단이 존재하지 않았다면 감태정이 살인 청부를 하지 못했을 것이고 구주무관의 정겨운 얼굴들이 화용군 곁에서 사라지는 일 따위는 일어나지 않았을 것이다.

'으드득! 다 죽여 버릴 거다……!'

그는 행운유수처럼 유유히 달리면서 계속해서 속으로 원한을 곱씹었다.

그는 샘물처럼 솟구치는 원한을 일부러 떨쳐 내려고 애쓰지 않고 내버려 두었다.

그래서 원한이 쌓이고 쌓여서 원한의 창고에 그득해지면 창고의 문을 닫고 또다시 새 창고에 원한을 새롭게 쌓기 시작했다.

그는 자신이 누나에게 잘못한 것마저도 원한으로 승화, 아니, 전환시켰다.

그래서 마치 자신이 잘못한 것이 아니라 나쁜 놈들이 잘못했기 때문에 누나가 죽은 것처럼 뭉뚱그려서 마음의 위안을 받으려고 했다.

그러면 그 나쁜 놈들을 다 죽이면 누나에 대한 복수도 어느 정도 이루게 될 터이다.

그리고 최종적으로는 그 자신이 스스로 목숨을 끊어서 누나에게 속죄할 것이다.

그런데 그때였다. 그가 달리고 있는 곧게 뻗은 관도의 전방 짙은 어둠 속에서 갑자기 한 무리의 사람이 모습을 드러냈다.

그들은 이쪽으로 곧장 달려오고 있는데 십여 명, 아니, 정확하게 열두 명이다.

오십여 장의 거리라서 어떤 인물들인지 잘 보이지는 않지만 하나같이 어깨에 도검을 메고 있는 것이 보였다. 즉, 무림인들이다.

화용군은 폭이 삼 장에 이르는 넓은 관도의 오른쪽 가장자리로 달리고 있는데 마주 다가오는 자들은 관도 전체를 뒤덮듯이 나란히 달려오고 있다.

만약 그대로 달려온다면 화용군하고 부딪치게 될 것이지만 그는 피할 생각이 조금도 없다.

구주무관을 몰살시키라고 청부한 배후가 백학선우 감태정

이라는 사실을 알아내어 지금 그는 기분이 매우 더러운 상태이기 때문에 상대가 누구라도 수틀리면 박살 내버리고 싶은 심정이다.

원한이 있든 없든 그건 상관이 없다. 중요한 것은 지금 그의 기분이 더럽다는 사실이다.

감정에 치우쳐서 살인을 하면 살인마이고 이성으로 판단하여 살인을 하면 협객이라는 말이 무림에 회자되고 있으나 그런 것은 어쨌든 상관이 없다. 중요한 것은 지금 현재 그의 기분이다.

이윽고 마주 오고 있는 열두 명이 점차 가까워졌으며 관도 전체를 뒤덮었던 그들은 화용군이 달려가고 있는 쪽의 길을 터주었다.

그로써 그들과 싸워야 할 일은 없어진 것 같았지만 잠시 후 그들이 조금 더 가깝게 다가왔을 때 화용군의 얼굴이 차갑게 그리고 험악하게 일그러졌다.

'남천문!'

오 장여까지 가까운 거리에서 달려오고 있는 그들이 입고 있는 옷을 보고 화용군은 피가 머리 꼭대기로 한꺼번에 솟구치는 것을 느꼈다.

과거 어린 시절에 화용군은 항주의 거리에서 저런 옷을 입은 무사들을 자주 목격했었다.

그들 열두 명은 황의 경장을 입었다. 그런데 상의 전체에 걸쳐서 어떤 검붉은 무늬가 수놓아져 있었다.

자세히 보면 그것이 거북이처럼 생긴 짐승을 커다란 뱀이 칭칭 감고 있는 듯한 형상으로, 즉 현무(玄武)를 나타내는 모습이다.

'남천문 현무고수(玄武高手)!'

그들을 쏘아보는 화용군의 두 눈에서 그 어느 때보다도 강렬한 시퍼런 안광이 뿜어지고 몸을 중심으로 시커먼 불길, 흑염(黑焰)이 활활 타올랐다.

제남의 방방이 누나의 무덤 앞에 앉아 있는 화용군의 그런 모습을 최초로 보고서 부지중 '금강야차명왕'이라고 속으로 부르짖었던 바로 그 환영(幻影)이 지금 여기에서 다시 출현한 것이다.

남천문에는 청룡, 백호, 주작, 현무 네 개의 전(殿)이 있다.

그리고 각 전에는 다섯 급(級)이 포진되어 있는데 맨 위 백의와 두 번째 황의를 입은 자들이 '고수'이고 그 아래 세 개의 급은 '무사'로 분류된다.

다시 말하면 통칭하여 사신전(四神殿)인 청룡, 백호, 주작, 현무, 각 전에는 삼백 명씩의 정예(精銳)가 있으며, 그 외 사신전에 소속되지 않은 하급무사가 천 명이 넘는다.

남천문 전체로 치면 고수와 무사의 수만 이천오백여 명이고, 일반 사무나 그 외의 일을 하는 사람들까지 합하면 사천 여 명이나 되는 엄청난 규모다.

그 정도이기에 절강성 제일 문파로서 위세를 떨치며 군림하고 있는 것이다.

그러니까 지금 화용군의 전면 삼 장여까지 달려오고 있는 인물들은 남천문 현무전 휘하 이급(二級)으로 분류되는 자들이다.

사신전 네 개의 전에 일급은 불과 열 명뿐이고 이급이 오십 명이니 일급과 이급의 실력이 어느 정도일지 미루어 짐작이 간다.

항주 사람들의 표현에 의하면 현무전 이급고수를 남천현무황의고수(南天玄武黃衣高手)라고 하며, 긴 명칭을 줄여서 '남현황수(南玄黃手)라고 부른다.

화용군은 관도 우측 가장자리에 우뚝 서서 미간을 찌푸린 채 그들을 쏘아보았다.

달려오던 열두 명의 남현황수는 길 가에 서 있는 괴이한 물체를 발견하고 일제히 신형을 멈추었다.

그들이 멀리에서 봤을 때에는 분명히 한 명의 사람이 마주다가오고 있었는데 가까이에서 보니까 사람이 아니라 괴물이거나 귀신인 것 같았다.

열두 명의 남현황수가 화용군을 발견하고 급작스럽게 신

형을 멈추었지만 빠른 속도로 달려오던 기세라서 자세를 바로잡지 못하고 어수선했다.

그들은 관도 가장자리에 우뚝 서 있는 것의 정체가 뭔지 파악하지 못한 상태다.

그렇기 때문에 지금 같은 상황에서 자신들이 어떻게 반응을 해야 할지 결정은커녕 머릿속이 정리되지 않아서 멍한 모습이다.

슈웃―

창―

그러나 열두 명의 남현황수를 죽이겠다고 단단히 벼르고 있던 화용군은 그들이 급히 멈추면서 미처 자세를 바로잡기도 전에 그들을 향해 전력으로 부딪쳐 가면서 어깨의 검을 뽑았다.

"허엇?"

"습격이다!"

제아무리 남천문의 정예 남현황수라고 해도 한밤중에 추호의 대비도 하지 않은 상황에서, 더구나 장시간 쉬지도 않고 달려오느라 지친 터에 당하는 급습이라 일순간 완전 무방비 상태에 처했다.

키이웅―

사부 단운택이 물려준 장검이 귀곡성(鬼哭聲)을 흘렸다. 검속(劍速)이 빠를수록 귀곡성은 더 높고 날카롭게 울어대는 법이다.

키아앙—

화용군은 관도 한가운데 모여 있는 열두 명의 한가운데를 똑바로 짓치고 들어가면서 태극혜검의 마지막 절초인 무극태극변검을 눈부시게 전개했다.

파파아악!

"컥!"

"크억!"

괴물인지 귀신인지 모를 괴물체가 공격할 것이라고는 전혀 예상하지 않았던 남현황수들은 어깨의 검을 뽑지도 못한 상황에서 최초의 공격에 네 명이 한꺼번에 무더기로 피를 뿌리며 퉁겨졌다.

그것이 단 한 번 칼질의 결과다. 검을 직선으로 뻗으면 잘해야 두 명을 찌를 수 있으나 곡선으로 그어대면 검의 공격권 내에 있는 적은 모두 벨 수 있다.

"흩어져라!"

키우웅—

적이 급습이라는 것을 깨닫고 다급하게 외칠 때 화용군의 검이 두 번째 무극태극변검을 전개했으며, 이번에도 어김없이 날카로운 귀곡성을 밤하늘에 흘려보냈다.

파파악!

"꺼윽!"

"크액!"

이번에는 세 명이 목에서 피를 뿌렸다. 검을 곡선으로 그을 경우에는 적에게 가장 치명적인 부위가 목이다.

목은 슬쩍 긋기만 해도 죽는다. 잘라지면 즉사하지만 약간만 긋는다고 해도 시간이 조금 더 오래 걸릴 뿐 죽는 것은 매한가지다.

나머지 다섯 명이 검을 뽑으면서 놀란 토끼마냥 사방으로 쫙 흩어지는데 화용군은 그중 뭉쳐 있는 두 명에게 그림자처럼 쏘아가면서 이번에는 태극혜검 이 초식 칠성회두를 전개했다.

키우웅—

칠성은 북쪽 하늘의 일곱 개의 별이다. 이 초식을 전개하여 한곳을 찌르거나 베면 한쪽 방위에 일곱 개의 변화가 쏟아지고, 한꺼번에 일곱 곳을 공격하면 일곱 곳 각각에 역시 일곱 개씩의 무궁한 변화가 일어난다.

그러니까 칠칠은 사십구, 도합 사십구변(四十九變)이 있는 것이다.

그러고는 다시 북극성 즉, 태두(泰斗)로 귀일하는데 그래서 칠성회두이다.

스삭—

"흑!"

"허윽!"

방금 죽은 두 명은 검을 뽑기는 했으나 미처 반격을 가하기도 전에 목이 찔려서 피를 뿌리고 거꾸러졌다.

"죽어랏!"

"악마 같은 놈!"

쉬아악!

마지막 남은 세 명의 남현황수가 세 방향에서 고함을 치면서 각기 전력으로 공격했다.

그들 세 명은 불과 두 호흡 전까지만 해도 심장이 펄떡거리면서 살아 있던 동료 열두 명이 졸지에 아홉 명이나 처참하게 죽고 자신들 세 명만 남았다는 사실 때문에 극도의 충격과 상실감, 그리고 분노에 휩싸여 공격에 초인적인 능력을 쏟아냈다.

카차차차창!

화용군은 뒤로 세 걸음 밀렸다가 다시 힘을 내서 밀어붙여 두 걸음 앞으로 나갔다.

하지만 전세가 팽팽하여 그는 더 이상 적을 죽이지 못하고 답보 상태에 빠졌다.

그는 전력을 다했고 남현황수 세 명도 악에 받쳐서 입에서 거품을 토하며 검을 휘둘렀다.

"이야압!"

"죽여 버리겠다! 이놈!"

콰차차차—

만약 화용군이 왼손으로는 검을, 오른손으로 야차도를 사용한다면 상황이 달라질지도 모른다.

하지만 지금처럼 숨조차 제대로 쉴 수 없을 정도로 팽팽한 균형을 이룬 채 싸우고 있는 동안에는 오른손의 검을 왼손으로 바꿔 쥐고 또 오른팔의 야차도를 꺼내서 오른손에 잡는 짧은 동작마저도 취할 수가 없다.

화용군은 자신이 지금 싸우고 있는 상대가 남천문의 남현황수라는 사실을 알고 있다.

그도 항주에서 자랐기 때문에 항주의 가동주졸(街童走卒)들조차 다 알고 있는 남천문의 지위 관계에 대해서 모를 리가 없다.

그래서 그는 자신이 남천문 현무전의 이급고수인 남현황수 세 명하고 평수(平手)를 이룬다는 사실에 내심 크게 실망하고 있는 중이다.

그는 적어도 자신이 그것보다는 더 고강할 것이라고 예상했었기 때문이다.

더구나 그는 시간이 지날수록 힘이 달려서 밀리기 시작했다. 공력이 부족하기 때문이다.

지금 상대하고 있는 남현황수들 각자의 공력이 삼, 사십 년 수준으로 화용군하고 비슷하다고 해도 그들은 세 명이니까 삼십 년씩만 쳐도 도합 구십 년이다.

그러니까 이제 겨우 삼십 년 수준인 화용군이 밀릴 수밖에 없는 것이다.

'칼을 무기로 삼는 사람은 공력이 아닌 칼로 싸운다'라고 사부 단운택은 누누이 귀에 딱지가 않도록 말했으나 지금 같은 상황에는 공력이 약한 게 약점이다.

만약 두 대의 마차가 서로 마주 보는 상태에서 전력으로 달려와 정면으로 충돌한다면 그래도 무거운 마차 쪽이 훨씬 유리할 것이다.

'칼로……'

그때 화용군의 뇌리를 번쩍 스치는 것이 있다. 사부의 그 말을 떠올렸다가 우연찮게 생각난 방법이다.

콰차차차창—

그는 정면과 좌우에서 소나기처럼 공격을 퍼붓고 있는 남현황수 세 명의 검을 미친 듯이 검을 휘둘러서 막다가 어느 순간 검이 정면의 남현황수의 검과 맞부딪치는 순간 오른팔을 쭉 뻗으며 야차도를 발출했다.

쩌컹!

팍!

두 자루 검이 부딪치는 순간 야차도가 쏘아나가 상대의 콧등을 꿰뚫어 버렸다.

발출하는 속도에 적당하게 힘을 조절했기 때문에 야차도는 적의 얼굴을 꿰뚫는 즉시 다시 회수되다가 화용군의 오른손에 굳게 잡혔고, 그 순간 그는 오른손의 검을 왼손으로 재빨리 바꿔서 잡았다.

삭—

아주 빠른 동작이었으나 그사이에 허점이 드러났으며 왼쪽의 남현황수 검이 화용군의 왼쪽 옆구리를 베었다.

화용군은 왼손에 검을 잡고, 오른손에 야차도를 잡는 즉시 오른쪽의 남현황수에게 야차도를 쏘아내고 있는 중에 왼쪽 옆구리를 베이고 말았다.

퍽!

"컥!"

야차도가 오른쪽 남현황수의 얼굴 한복판을 꿰뚫고 뒤통수로 쑥 빠져나갔다.

화용군은 왼쪽의 남현황수를 상대하기 위해서 왼손의 검을 맹렬하게 휘둘러 가다가 뚝 멈췄다.

왼쪽에 있던 남현황수가 뒷걸음질을 치고 있기 때문이다. 화용군이 오른쪽 남현황수의 얼굴에 야차도를 관통시키는 중에 그자는 계속 뒷걸음질을 치고 있었던 것이다.

동료 열한 명을 죽인 야차 같은 놈을 혼자서는 도저히 상대하지 못하겠다고 판단한 모양이다.

화용군은 왼쪽 남현황수에게 왼손의 검을 휘두르면서 오른팔을 흔들어 야차도를 회수했다.

그러나 뜻대로 되지 않았다. 오른쪽 남현황수의 얼굴을 완전히 관통했던 야차도는 그 구멍으로 다시 빠져나오지 못하고 걸려 버렸다.

그사이에 왼쪽의 남현황수는 화용군을 주시하면서 뒷걸음질 치다가 어느 순간 휙 몸을 돌려 북경 쪽을 향해 죽어라고 달리기 시작했다.

"이런 빌어먹을……."

마음이 급한 화용군이 도망치는 남현황수를 뒤쫓으려고 하자 이미 죽은 오른쪽의 남현황수가 땅에 쓰러져서 질질 끌려왔다.

그사이에 왼쪽의 남현황수는 벌써 이십여 장 밖에서 달아나고 있다.

퍽!

마음이 급해진 화용군은 땅에 쓰러진 남현황수의 머리를 발로 힘껏 걷어찼다.

그러나 설상가상 인간의 머리는 단단한 차돌하고는 달라서 발길질 한 번에 산산조각나지 않고 이지러지며 깨져서 오히려 야차도가 빠져나올 수 있는 구멍마저 메워 버렸다.

"이익! 익!"

퍽퍽퍽!

이성을 잃은 듯한 화용군은 머리통을 발로 마구 지근지근 짓밟아서 으깬 후에야 야차도를 회수할 수 있었다.

그렇지만 그가 관도를 쳐다봤을 때에는 도망치던 남현황수의 모습이 보이지 않았다.

휘익!

그래도 그는 포기하지 않고 암향표를 전력으로 전개하여 추격을 시작했다.

쏘아가면서 그는 자신이 얼마나 어리석었는지 깨달았다. 야차도가 적의 몸을 관통했을 경우에는 오른팔을 좌우로 슬쩍 흔들어주는 것만으로도 천심강사가 적의 몸통을 절단하여 야차도를 쉽게 회수할 수가 있다.

그것은 평소 야차도로 수련을 할 때 수없이 연습했던 것이고 실제 싸움에서 그 방법을 사용하기도 했었다.

그런데 하필 지금 이 순간에 어째서 그 방법이 반사적으로 떠오르지 않고 관통된 구멍을 통해서 야차도를 회수하려는 어이없는 실수를 저질렀는지 모를 일이다.

제24장

———

한계 상황

"헉헉헉……."

화용군은 싸움이 벌어졌던 곳에서 십여 리나 북경 방향으로 전력을 다해서 달렸지만 끝내 도망친 남현황수를 발견하지는 못했다.

숨이 턱에 차도록 달려왔는데 남현황수를 놓쳤다는 것이 믿어지지 않았다.

무당파가 자랑하는 경공술 암향표만큼은 구주무관에서 최고 수준이었던 그가 도망치는 남현황수보다 느렸다고는 생각하지 않는다.

그렇다. 필경 남현황수는 관도를 벗어나서 들판이나 산길 같은 곳으로 도망쳤을 것이다.

화용군이, 아니, 동료 열한 명을 순식간에 잔인하게 도륙한 야차가 관도로 추격해 올 것을 알면서도 관도로 도망치는 어리석은 짓을 하지 않은 것이다.

그런데 화용군은 그가 관도로 도망쳤을 것이라고만 우직하게 생각하고 줄곧 관도로 달려왔다.

이것은 영락없는 경험 부족이다. 역지사지 입장을 바꿔놓고 생각했다면 그자가 관도를 벗어나서 도망쳤을 것이라고 어렵지 않게 짐작할 수 있었을 것이다.

지금 이 상황에서 알 수 있듯이 무슨 일에는 딱 한 가지 길만 있는 것이 아니다.

이른바 변수(變數)다. 세상일에는 무수한 변수가 도처에 깔려 있다.

이곳에서 제남으로 가는 길은 관도로 가는 것이 제일 편하고 빠르기는 하지만, 조금 늦게 간다고 생각하면 관도 말고도 제남까지 가는 길이 다섯 개는 될 터이다.

화용군은 다시 관도를 따라서 남쪽으로 달리다가 아까 남현황수들과 싸웠던 지점에 이르렀다.

저만치 삼십여 장 관도 바닥에 그가 죽인 남현황수 열한 명이 여기저기 어지럽게 쓰러져 있으며 바닥에는 피가 냇물처럼 흐르고 있는 광경이 보였다.

열한 구의 시체를 보니까 놓친 한 명이 새삼스럽게 떠올라서 마음이 언짢았다. 그리고 동시에 어떤 불길한 생각 하나가 문득 떠올랐다.

'그자가 내 얼굴을 봤겠지?'

그자를 비롯한 남천문은 한밤중에 북경으로 가는 관도 상에서 남현황수 열한 명을 죽인 흉수를 화용군이라고 추측할 것이 분명하다.

그렇다면 그자가 가까이에서 본 화용군의 모습을 토대로 해서 이번에는 제대로 된 전신을 작성할 것이고 그것이 온 천하에 뿌려질 것이다.

'앞으로는 변장을 해야 하는가?'

그렇게 잠시 생각했을 뿐 거기에 대해서는 더 이상 길게 생각하지 않았다.

그런 상황이 닥치기도 전에 미리 염려하는 것은 불필요한 낭비라고 여기기 때문이다.

"……!"

그런데 바로 그때 제남 쪽 관도의 끝 어둠 속에서 아까 남현황수들이 나타난 것처럼 몇 명의 희끗한 인영이 모습을 드러냈다.

삭—

화용군은 재빨리 관도 가장자리 나무 뒤에 숨어서 한쪽 눈만 내놓고 전방을 살펴보았다.

경공술을 전개해서 달려오고 있는 인영은 다섯이다. 그리고 먼 거리라서 자세한 것을 알 수 없으며 단지 황의를 입었다는 것만 알아볼 수가 있다.

지금처럼 늦은, 아니, 한 시진만 있으면 동이 터올 이른 새벽에 이 길을 달려오고 있는 황의인이라면 두말할 것도 없이 남현황수일 것이다.

화용군은 아까 아깝게 놓친 한 명의 남현황수 때문에 몹시 속을 끓이고 있었는데 저놈들을 죽여서 보상을 받아야겠다고 생각했다.

휘익—

그는 숨어 있던 나무 뒤에서 나와 다섯 명의 황의인을 향해 곧장 달려가면서 아예 이번에는 처음부터 실수하지 않으려고 검을 뽑아 왼손에 쥐고 야차도는 언제라도 발출할 준비를 갖추었다.

다섯 명의 황의인들은 관도 바닥에 쓰러져 있는 남현황수들의 시체를 발견하고는 달리는 것을 멈추며 놀라느라 화용군이 달려오는 것을 미처 발견하지 못했다.

키이웅— 쉐앵—

그들은 무참한 모습으로 죽어 있는 동료들을 살피고 있다가 가까운 곳에서 날카로운 파공음이 터지자 움찔 놀라 급히 손을 어깨의 검으로 가져가면서 고개를 들었다.

파아앗― 퍼퍽!

"크억!"

"흐악!"

그러나 그 순간 화용군의 검이 남현황수 두 명을 베고 야차도가 한 명의 목을 관통하고는 그가 오른팔을 왼쪽으로 잡아채듯이 떨치니까 야차도가 허공에서 반회전하면서 가까이에 있는 다른 한 명의 등에 꽂혔다.

키잉―

그러고는 마지막 남은 한 명에게 왼손의 검으로 태극혜검 일 초식 검파음양을 전개하여 가슴을 찔러가자 검이 한겨울 삭풍 소리를 냈다.

"이얍!"

마지막 남은 황의인, 아니, 남현황수는 뒷걸음질 치면서 전력으로 검을 뽑아 화용군의 검을 쳐내려고 했다.

"……!"

그런데 그때 화용군은 뒷걸음질 치고 있는 남현황수 뒤쪽 어둠 속에서 희끗희끗한 물체들이 나타나는 것을 발견하고 흠칫했다.

푹!

"끄윽!"

검이 남현황수의 목 중앙을 깊이 찔렀다. 하지만 화용군의 시선은 그 너머에서 나타나고 있는 물체, 즉 사람들에 향해 있다.

십… 이십… 삼십…….

'우라질!'

그는 희끗한 물체들의 수를 세다가 삼십여 명에 이르자 속으로 욕을 퍼부었다.

그들은 어둠 속에서 속속 나타나 화용군이 있는 쪽으로 달려오고 있었다.

또한 화용군이 남현황수들 시체 더미 한가운데 서 있는 것을 보고는 더욱 속도를 높이는 것 같았다.

척—

화용군은 야차도를 회수하여 오른손에 잡으면서 삼십여 명에게서 시선을 떼지 않았다.

선두가 황의를 입었으며 그다음은 백의, 또 그다음은 다시 황의를 입은 자들이다.

남천문의 오 등급 중에서 백의는 일급이고 황의는 이급이다. 그러니 이들 삼십여 명은 모두 남천문의 일급과 이급으로 구성된 고수들이다.

쿵!

방금 목이 찔린 자가 목에서 피화살을 뿜으면서 그제야 뒤로 쓰러졌지만 화용군의 눈에는 보이지 않았다.

그는 그 자리에 얼어붙은 듯 뻣뻣하게 서서 점점 가까이 다가오고 있는 삼십여 명을 쏘아보았다.

쏴아아…….

그때 한 줄기 바람이 불어와서 관도 가장자리 나무의 나뭇잎들이 요란하게 흔들리면서 소리를 내자 그는 퍼뜩 정신을 차렸다.

휘익!

그러고는 급히 몸을 돌려서 무조건 달아나기 시작했다. 상대는 남천문의 일급과 이급고수 삼십여 명이 분명하다.

이건 급습도 아닌 정면 대결인데 화용군의 한계는 이급고수 세 명이라는 것은 아까 최초의 싸움에서 증명됐다.

그러니 삼십여 명을 상대로 싸우는 것은 미치지 않고서는 할 수 없는 짓이다.

그런데 화용군은 도망을 치면서도 자존심이 상했고 또 기분이 더러웠다.

남천문이라면 철천지원수인데 맞서 싸우지 못하고 도망치고 있는 자신이 수치스러운 것이다.

그렇지만 수치스러운 것은 수치스러운 것이고 일단은 살

고 봐야 한다.

전력으로 달리면서 힐끗 뒤돌아보니까 선두에서 추격하고 있는 백의인, 즉 남천문 일급고수들과의 거리가 조금씩 멀어지고 있었다.

제아무리 남천문의 일급고수라고 해도 화용군이 전력으로 펼치는 암향표를 따라오지는 못했다.

그렇다고 해도 화용군의 기분은 좀처럼 나아지지 않았다. 남천문 고수들이 무서워서 도망쳤다는 사실이 그를 형편없이 우울하게 만들었다.

슥—

그는 신형을 멈추고 뒤돌아서서 자신이 온 방향을 미간을 찌푸린 채 주시했다.

추격하는 남천문 고수들을 기다리는 것은 아니다. 그저 이 정도 도망쳤으면 이쯤에서 이제 어떻게 해야 할는지 결정을 해야 하기 때문이다.

그의 목적지는 제남이므로 이 관도를 따라서 남쪽으로 가야만 한다.

그러므로 지금은 관도 바깥쪽에 잠시 숨어서 기다리고 있다가 남천고수들이 지나가고 나서 관도를 따라 남하(南下)하면 될 터이다.

도망친 것으로도 기분이 더러운데 이제는 숨기까지 해야

하는 상황 때문에 그는 자존심이 크게 상해서 한동안 그 자리에 우두커니 서 있었다.

그렇지만 추격자들이 모습을 나타내기 전에 숨어야만 한다는 것을 잘 알고 있기에 지금은 더러운 감정을 꾹 눌러서 참을 수밖에 없다.

"저놈!"

그런데 그때 등 뒤쪽에서 누군가의 외침이 터져서 그는 움찔 놀라 급히 뒤돌아보았다.

관도 저쪽, 그러니까 북경 방향에서 이십여 명의 인물이 나는 듯이 달려오고 있는 광경이 보였다.

그들은 모두 백의와 황의를 입었으며 선두에서 달려오고 있는 자는 황의인인데 화용군의 시선이 그의 얼굴에 날아가서 꽂혔다.

'저놈!'

그를 발견한 순간 화용군은 방금 누가 외친 것과 똑같은 외침을 속으로 터뜨렸다.

선두의 인물은 아까 화용군이 뒤쫓다가 놓쳤던 바로 그 남현황수였다.

그가 어떤 방법을 썼는지는 모르지만 다시 나타난 그는 이십여 명의 동료와 함께였다.

'우라질!'

남현황수를 쏘아보면서 살기를 확 뿜어냈던 화용군은 현실이 얼마나 급박하고 위험천만한 상황인지를 깨닫고 속으로 욕을 퍼부었다.

그는 관도 바깥 양쪽 중에 한곳으로 도망치기 위해서 재빨리 좌우를 둘러보았다.

그렇지만 어둠 때문에 관도 양쪽에 무엇이 있는지 어슴푸레하게만 보였다.

쏴아아—

그런데 그때 갑자기 관도 제남 쪽에서 거센 바람 소리 같은 것이 들렸다.

'아차……'

화용군은 돌아보지 않고서도 그 소리가 관도 제남 쪽에서 추격해 오던 남천고수 삼십여 명일 것이라고 생각했다.

그가 급히 돌아보니까 역시 남천고수가 분명한데 십여 명뿐이다.

나머지 이십여 명은 각각 열 명씩 관도 밖으로 학이 날개를 펼치듯이 쏘아가며 포위망을 형성하고 있는 중이다. 화용군이 도망칠 것에 대비한 것이다.

휘익!

그래도 화용군은 관도를 벗어나 오른쪽으로 전력을 다해서 쏘아갔다.

더 이상 우물거리다가는 그물에 갇힌 물고기 신세가 될 터이니 방향 따위는 개의치 않고 도망치는 것이다.

관도에서 무더기의 적들과 싸우기보다는 이제 막 형성되려고 하는 포위망을 뚫고 도망치는 것이 그래도 생존 가능성이 조금이라도 높을 것이라고 판단했다.

차앙—

화용군이 질주하고 있는 전방 오른쪽 사 장 거리에서 희끗한 인영들이 달려오면서 앞을 가로막으며 검을 뽑았으며 거의 같은 순간 그도 검을 뽑았다.

질주하면서 좁은 공간의 소수, 즉 한 명에서 세 명까지의 적을 상대할 경우에는 태극혜검 일 초식 검파음양만 한 것이 없다.

그는 앞을 가로막으면서 자신을 향해 검을 그어대고 있는 희끗한 세 인영을 향해 검파음양을 전개하며 저돌적으로 부딪쳐갔다.

키아앙—

쌔애앵—

화용군은 세 인영의 세 자루 검이 허공을 가르는 파공음이 지금껏 들어본 어떤 파공음보다 날카롭다는 사실에 내심 약간 놀랐다.

촤챵—!

"흑!"

세 인영은 화용군의 검파음양을 자신의 검으로 막아냈을 뿐만 아니라 검을 통해서 공력을 쏟아내서 그를 허공으로 퉁겨 날아가게 만들었다.

턱······.

화용군은 일 장 반이나 관도 쪽으로 붕 날아갔다가 땅에 내려서서도 세 걸음 밀려났다.

그제야 그는 자신을 향해 돌진해 오고 있는 세 인영이 백의를 입었으며, 상의에 한 마리 호랑이가 수놓아져 있는데, 테두리와 두 눈을 비롯한 중요 부위가 흐릿한 붉은색인 것을 발견하고 움찔했다.

남천문에서 호랑이가 수놓아진 상의를 입고 있다면 백호전 인물이며 거기에 백의라면 일급고수다.

즉 남천백호백의고수(南天白虎白衣高手), 줄여서 남쌍백수(南雙白手)다.

원래는 남백백수(南白白手)지만 흴 백(白)자가 두 개 들어가므로 '쌍백'으로 고쳐서 남쌍백수라고 부른다.

화용군은 일전에 남쌍백수와 싸운 적이 있었다. 항주대로에서 백호전주 마궁평을 급습하여 죽일 때 그를 호위하던 네 명의 호위무사, 즉 남쌍백수들을 죽였었다.

그렇지만 마궁평을 죽인 것은 급습이었으며, 네 명의 남쌍백수를 죽인 것도 죄다 급습이었다.

마궁평의 습격으로 그들이 정신을 차리지 못하는 상황에 화용군이 곁으로 한 바퀴를 빙 돌면서 마궁평의 목줄을 꿰뚫은 야차도에 묶인 천심강사로 남쌍백수 둘의 몸뚱이를 절단해서 죽이고 나머지 둘은 검으로 죽였었다.

그러니까 남쌍백수하고 정정당당하게 싸웠다고 할 수가 없다. 정정당당으로 치자면 바로 지금이다.

세 명의 남쌍백수는 화용군을 일 장 반이나 물리치고는 기세가 올라서 재차 덮쳐 오며 검을 휘두르고 그어왔다.

쌔애앵—

그들은 과연 남천문의 일급고수답게 빠르고도 위력적인 검법을 구사했다.

전방 세 방향에서 짓쳐오는 검명이 고막을 찢어버릴 듯이 날카로웠다.

그러나 그들은 자신들 세 명의 합공으로 화용군이 격퇴당하는 것을 보고 그를 과소평가하는 우를 범했다.

화용군은 아까 남천문 이급고수인 남현황수 세 명하고 평수를 이루었다.

그 말은 일급고수인 남쌍백수는 두 명 정도 평수를 이룰 것이라는 뜻이다.

그런데 지금 세 명의 남쌍백수는 화용군이 자기들 중에 한

명하고 일대일로 싸운다고 해도 패할 것이라고 잘못 예상을
했다.

더구나 화용군에게는 비장의 무기 야차도가 있다. 뒤로 퉁
겨져서 날아갔다가 뒷걸음질까지 쳤던 그는 세 명의 남쌍백
수가 재차 공격해 오는 것을 보고 상황을 파악했다.

그들이 자신을 얕보고 있으며 이번 공격에 끝장을 내려고
서두르는 모습을 발견했다.

그들이 만약 화용군이 남천문 소문주이자 승명왕자인 주
고후를 죽인 흉수라는 사실을 알았더라면 지금처럼 서두르지
는 않았을 것이다.

지금보다 가일층 확실하게 싸움에 임할 것이며 죽이는 것
보다는 생포하는 쪽에 비중을 둘 터이다.

어쨌든 그들은 화용군이 주고후를 죽인 흉수라고 확신하
지 못했으며, 관도에서 남천고수들을 죽인 흉수쯤으로 여긴
상황에서 공격하고 있는 만큼 화용군에게 어느 정도 유리하
게 작용을 할 것이다.

쉭—

화용군은 세 명을 향해서 일직선으로 쏘아가다가 갑자기
방향을 틀어 세 명 중에서 가장 왼쪽의 남쌍백수를 향해 마주
쳐 가며 왼손의 검으로 태극혜검 사 초식 구주풍뢰를 맹렬히
전개했다.

우르르…….

구주풍뢰가 극성에 이르면 천지를 쪼개는 듯한 뇌성벽력이 터진다는데 화용군이 전개하자 뇌성벽력까진 아니고 밤하늘에서 거대한 바윗돌들이 지상으로 급전직하 굴러떨어지는 듯한 굉음이 울렸다.

일개 한 자루 검에서 그런 굉음이 터진다는 사실이 믿어지지 않을 정도다.

왼쪽의 남쌍백수는 화용군이 갑자기 방향을 틀어서 자신에게 쏘아오자 움찔했으나 혼자서도 충분히 상대할 수 있다는 자신감에 전력으로 검을 떨치며 공격했다.

그런데 허공을 떨어 울리는 뇌성벽력과 함께 짓쳐오는 화용군의 검이 진동을 일으키면서 상체의 수십 곳을 동시에 찌르고 베어오자 움찔 놀랐다.

구주풍뢰의 검초식은 찰나지간에 검 전체를 강렬하게 떨게 만들어서 상대의 몸 수십 개 부위를 동시에 공격하는 수법이다.

그 와중에 검이 허공을 진동시켜서 뇌성벽력 같은 소리가 터지는 것이다.

검을 얼마나 빠르게 또 많은 방향으로 잘게 떨어야지만 이와 같은 뇌성벽력이 터질지는 상상에 맡긴다.

왼쪽의 남쌍백수는 자신의 상체 수십 군데로 한꺼번에 몰아쳐 오는 검의 공격을 도저히 막을 재간이 없어서 공격해 가던 검을 그저 미친 듯이 휘둘러서 막으려고 했다.

쩌쩌쩡!

그러나 그는 정확하게 삼십칠 개의 공격 중에서 다섯 개만을 막아냈을 뿐이다.

나머지 삼십이 개의 공격에 대해서는 속수무책이다. 그는 검이 자신의 상체 곳곳을 찰나지간에 마구잡이로 찌르고 베는 것을 뻔히 지켜봐야만 했다.

파파파아—

"크악!"

화용군의 검은 왼쪽 남쌍백수의 머리에서 복부까지 서른 두 군데 부위를 찌르고 베었다.

짓쳐오던 남쌍백수의 몸이 뚝 정지했으며 얼굴에는 귀신을 본 듯 멍한 표정이 떠올랐다.

세 명의 남쌍백수 중에 정면과 오른쪽의 두 명은 화용군을 공격하고 있었다.

그런데 그가 곧장 쏘아오다가 갑자기 방향을 왼쪽으로 틀자 순간적으로 공격할 대상을 잃어버리고 허공을 공격하는 꼴이 되고 말았다.

키이웅— 쉥—

화용군은 왼쪽의 남쌍백수를 공격한 직후 상체를 오른쪽

으로 틀면서 왼손의 검으로는 구주풍뢰를 재차 전개하여 정면의 남쌍백수를 공격하면서 동시에 오른팔의 야차도를 오른쪽의 남쌍백수 얼굴로 발출했다.

파파아— 퍽!

"컥!"

"흐악!"

허공을 공격하는 바람에 멈칫했던 두 명은 자세를 바로잡기도 전에 한 명은 구주풍뢰에 머리를 비롯한 상체 전체가 벌집이 됐으며 다른 한 명은 얼굴 한가운데에 야차도가 깊숙이 쑤셔 박혔다.

퍼퍼퍼퍽—

구주풍뢰에 당한 두 명의 상체 수십 군데의 상처에서 그제야 피가 화살처럼 뿜어졌다.

동이 훤하게 텄다.

"헉헉헉……."

차차차창!

극도로 지친 화용군은 심장이 터지고 허파가 찢어질 정도의 상태여서 거친 숨을 몰아쉬면서도 두 팔을 허우적거리듯이 휘둘렀다.

그는 최초에 세 명의 남쌍백수를 죽인 후에도 도망가지 못하고 그때부터 지금까지 줄곧 한 시진 동안 포위망 안에 갇힌 채 치열하게 싸우고 있는 중이다.

그는 한 시진 동안 싸우면서 남천고수 오십여 명 중 열다섯 명을 죽였다.

남천문 일급고수 두 명하고 평수를 이룰 정도의 그가 오십여 명과 싸우면서 열다섯 명을 죽였다는 것은 기적에 가까운 일이다.

그것은 적들이 방심을 했기 때문에 가능했다. 적들은 상대가 한 명뿐이라는 사실을 지나치게 의식한 나머지, 그리고 그 한 명뿐인 적이 겹겹이 포위되어서 곧 죽거나 제압될 것이라는 성급한 안이함 때문에 처음에는 긴장하지도 않았고, 전력을 기울여서 싸우지도 않았다.

그로 인해서 그들은 싸움이 시작된 직후 불과 반각 만에 열다섯 명을 잃고 말았다.

정신이 번쩍 든 그들은 그때부터 방심하지 않고 최선을 다해서 싸움에 임했다.

그래서 화용군은 그때 이후로는 단 한 명의 적도 죽이지 못했으며 오히려 고전을 면치 못하고 있다.

그는 온몸 십여 군데에 찔리고 베인 상처를 입었다. 가벼운 상처들도 있지만 중상이라고 할 수 있는 상처도 세 군데나 당했다.

휘익! 휙!

"허으으… 헉헉헉!"

그는 왼손에 검을, 오른손에 야차도를 움켜쥔 채 휘두르고 있으나 그의 두 자루 무기에서는 더 이상 귀곡성 같은 파공음이 흐르지 않았다.

평소에 비해서 속도가 절반 이하로 떨어졌기 때문이다. 그러니 위력의 감소는 두말할 것도 없다.

십여 군데, 아니, 정확히 열한 군데 상처에서 흐른 피가 그가 서 있는 곳 바닥 주변을 시뻘겋게 물들였다.

사실 지금 그는 서 있을 힘조차 남아 있지 않은 상태다. 당장에라도 그 자리에 벌렁 누워 버리고 싶은 욕구를 억누른 채 맹목적으로 검과 야차도를 휘두르고 있다.

적들도 지쳤지만 화용군만큼은 아니다. 화용군은 한 명이지만 그들은 정확하게 삼십삼 명이나 남았다.

그렇지만 화용군이 워낙 발악적으로 악귀처럼 검과 야차도를 맹렬히 휘두르고 있어서 함부로 접근을 하지 못하고 있는 상황이다.

이들이 싸우고 있는 장소는 관도에서 불과 이십여 장 떨어진 들판이다.

이른 아침에 길을 가던 행인들이 멈춰서 싸움을 구경하고 있지만 아무도 개입하지는 않고 있다.

무림인들조차도 이런 식의 큰 무리의 싸움에는 참견을 하지 않으려고 한다.

행인들은 그저 바삐 제 갈 길을 가든가 아니면 관도에 삼삼오오 모여 서서 구경하고 있을 뿐이다.

"으아앗! 다 덤벼라! 모조리 죽여 버리겠다! 헉헉헉!"

쉬익! 쉭! 쉭!

화용군은 검에 베인 머리에서 흘러내린 피 때문에 얼굴이 온통 피투성이가 된 상태에서 검과 야차도를 휘두르며 발악을 했다.

지금 동작을 멈추면 죽을 수밖에 없다는 절망적인 생각이 머릿속에 가득 차 있다.

슈욱—

그런데 그가 미친 듯이 검과 야차도를 휘두르고 나서 한풀 꺾여 두 팔을 그저 허우적거리고 있을 때 한 자루 검이 어지럽게 휘두르는 검막(劍幕) 속으로 파고들었다.

푹!

"헉!"

화용군은 뭔가 차가운 물체가 복부를 뚫고 깊숙이 스며드는 것을 느끼며 헛바람 소리를 냈다.

양팔을 휘두르던 동작이 둔해지면서 그는 자신의 배를 내려다보았다.

검 한 자루가 배에 꽂혀 있는데 얼마나 깊이 찔렸는지 알수가 없다.

그저 지나치게 과식을 한 것처럼 배가 답답하고 거북살스러웠다.

그러면서도 복부에 큰 구멍이 뻥 뚫려서 그곳을 통해 찬바람이 통과하는 것 같기도 했다.

"죽이지 말고 제압해라."

어디선가 우두머리로 보이는 자의 나직한 목소리가 들리는 것과 화용군이 자신의 배를 찌른 인물을 쳐다보는 것, 그리고 그 인물에게 발작적으로 야차도를 던지는 행위는 동시에 이루어졌다.

퍽!

"흐악!"

화용군의 복부를 검으로 찌른 남쌍백수는 그에게 치명타를 안겼다는 사실로 인해서 방심하고 있었다.

더구나 검으로 찌를 정도의 가까운 거리라는 사실을 잠시 망각했다.

화용군이 그처럼 심한 중상을 입은 상태에서 복부까지 찔리고도 뭘 어떻게 할 것이라고는 전혀 예상하지 못했다.

바로 그 순간 화용군이 발작하듯이 던진 야차도에 목이 꿰뚫리고 말았다.

"이야아압!"

화용군은 복부에서 피를 쏟으면서도 실성한 것처럼 왼손의 검을 휘두르면서 오른팔을 잡아채서 야차도에 꽂힌 남쌍백수의 목을 천심강사로 자르고 다른 한 명의 뒤통수를 야차도로 찍는 괴력을 발휘했다.

"죽여라!"

여태까지 될 수 있으면 화용군을 생포하려고 했던 남쌍백수의 우두머리 백호전 부전주(副殿主)는 자신이 직접 화용군을 향해 쏘아가면서 벼락같이 외쳤다.

복부를 찔린 직후 한바탕 발작을 일으킨 화용군은 더 이상 버틸 힘이 한 움큼도 남아 있지 않아서 두 팔을 늘어뜨리며 가쁜 숨을 몰아쉬었다.

"헉헉헉… 제기랄… 우라질……."

기진맥진한 그의 입에서 헐떡이면서 나오는 게 욕밖에 없다. 남천고수들이 공격해 오는 광경을 뻔히 보고 있으면서도 손가락 하나 까딱하지 못한다는 사실 때문에 오장육부가 뒤틀렸다. 죽는 것은 하나도 두렵지 않은데 이런 상황이 정말 싫었다.

그런데 그 짧은 순간에 오만 가지 상념이 정말 번갯불처럼 그의 뇌리를 두드리면서 지나갔다.

가문의 멸문, 육 년 전 누나와 함께 항주를 떠나 북상하면서 겪은 그 처절한 추위와 허기, 은자 삼백 냥에 자신을 팔아 그 돈을 어린 남동생에게 모두 전해주고 자신은 기루로 들어갔던 가여운 누나.

그리고 그 누나를 짓밟았던 더러운 추억, 구주무관에서의 육 년, 단소예와의 풋풋한 애정, 그동안 아주 가끔씩 드문드문 생각났었던 열두 살 어린 시절에 하오문에서 구해주었던 예쁜 소녀 유진.

그래, 그때 그녀와 뽀뽀를 하면서 나중에 어른이 되면 혼인을 하자고 약속을 했었다. 그런데 어째서 지금까지는 한 번도 생각나지 않았던 그 사실이 홀연히 머릿속에 떠오른 것인지 모를 일이다. 왜 하필 지금 이 순간에 그게 생각나는 것인가.

그리고 마지막으로 그의 머릿속을 가득 채운 생각은 자신이 형편없이 약하다는 사실을 깨달은 것이다.

그가 항주에 가서 복수를 할 수 있었던 것은 순전히 운이 좋아서였지 실력이 출중했기 때문이 아니었다.

그리고 지금까지의 여러 차례 싸움에서 살아남을 수 있었던 것 역시 운이었다.

지금 이 어중이떠중이 같은 자들을 상대하지 못하고 죽어가는 것을 보면 지금껏 운이 좋았다는 사실을 알 수 있다.

그러니까 앞으로 기회만 주어진다면 뼈를 깎는 노력을 해서 다시 한 번 자신을 담금질하고 싶다는 생각을 했다.

그래서 정말 이번에는 최고의 실력자가 되어 이런 개 같은 죽음을 당하는 일이 없도록 해야 한다는 생각이 머릿속에 가득 찼다.

그렇지만 그런 기회는 절대로 주어지지 않을 것이다. 죽음이라는 놈이 그의 한 걸음 앞까지 다가와서 하얀 이를 드러내고 웃으며 시커먼 손을 내밀고 있는 게 보였다.

파파팍!

"흐악!"

"크악!"

그런데 그때 느닷없이 포위망의 바깥쪽에서 어지러운 비명 소리가 마구 터졌다.

화용군을 죽이려고 다가들거나 검을 휘두르고 있던 남천 고수들은 크게 놀라서 일제히 몸을 돌리며 바깥쪽을 향해 반격의 자세를 취했다.

어디에서 갑자기 나타났는지 삼십여 명의 청의인이 포위망 바깥에서 마구잡이로 검을 휘둘러 남천고수들을 주살하고 있었다.

마구잡이라고는 하지만 그것은 남천고수들이 화용군에게만 신경을 쓰고 있는 탓에 누군가 등 뒤에서 공격할 것이라고는 추호도 예상하지 않았기에 그렇게 보이는 것이다. 청의인들의 검초식은 정교하고 또 날카롭기 짝이 없었다.

남천고수들은 졸지에 배후를 공격당하여 우왕좌왕하는 사이에 무려 이십여 명이 피를 뿌리며 거꾸러졌다.

더구나 새로 나타난 청의인, 즉 청의고수들의 무위는 하나같이 남쌍백수 정도이거나 그 이상의 고수라서 남천고수들은 순식간에 와해지경에 처하고 말았다.

"웬 놈들이냐?"

"우린 항주 남천문 사람들이다! 네놈들은 실수하는 것이다!"

카차차차창!

남천고수들은 사력을 다해서 저항하며 분분이 외쳤으나 청의고수들은 아무 말도 하지 않고 신랄하게 검을 휘둘러서 계속 죽일 뿐이다.

"퇴각! 흩어져서 도주하라!"

이 무리의 우두머리인 백호전 부전주가 사태의 심각성을 깨닫고 악을 쓰듯이 외치면서 제 스스로 먼저 신형을 날려 한쪽 방향으로 도망쳤다.

청의고수들은 주로 관도 쪽으로 도망치는 남천고수들을 맹렬하게 뒤쫓으면서 세 명을 더 죽인 다음에야 화용군이 있는 곳으로 되돌아왔다. 도망친 남천고수의 수는 채 열 명도 되지 않았다.

화용군은 방금 불과 다섯 호흡 사이에 벌어진 일에 대해서는 전혀 알지 못했다.

"흐으으……."

그는 그 자리에 무릎을 꿇고 상체를 곧추세운 자세로 양손에 검과 야차도를 쥔 채 헐떡이고 있다.

복부를 찔린 상태에서 두 명의 적을 더 거꾸러뜨리고 난 직후에 그는 아무것도 볼 수 없게 돼버렸다.

원래 그의 온몸에 난 열한 개의 상처 중에서 세 군데가 중상이었는데, 마지막 복부를 찔린 상처가 가장 치명적이어서 검이 뽑히자 피를 콸콸 쏟았다.

그래서 정신이 아득해지면서 눈앞이 캄캄해져서 아무것도 보이지 않게 되었다.

물론 지금 어떤 상황인지도 모른다. 그저 자신이 포위되어 손가락 하나 까딱하지 못하는 상태에서 죽음을 목전에 두고 있다는 생각만 어렴풋이 할 뿐이다.

'난 죽은 것인가…….'

한 번도 죽어본 적이 없기에 어쩌면 지금처럼 몽연한 상태가 죽음 이후일지도 모른다는 생각이 얼핏 들었다.

지금까지의 상황을 생각하면 그가 죽었다고 해도 조금도 이상한 일이 아니다.

"이봐, 자넨 누군가?"

그런데 그때 그의 전면에서 누군가의 나직하고도 중후한

목소리가 들렸다.

그 목소리는 전혀 호전적이지 않고 오히려 친밀감마저 깃들어 있었다.

그렇지만 화용군은 그런 미세한 것까지 구별할 수 있을 만한 정신 상태가 아니다.

그 목소리를 듣고 그는 자신이 아직 죽지 않았으며 남천고수들에게 포위되어 있다고 오해했다.

"으으… 이 새끼들아……."

휘익!

그는 피범벅이 되어 얼굴을 전혀 알아볼 수 없는 모습으로 하얀 이를 드러내고 으르렁거리면서 수중의 검을 한 차례 휘둘렀다.

그러나 그것은 개 한 마리 죽이지 못할 정도로 무기력한 몸부림일 뿐이다.

화용군 주위에는 남천고수들을 물리친 청의고수 삼십여 명이 둘러서서 그를 굽어보고 있다. 그들은 방금 전의 싸움에서 한 명도 다치거나 죽지 않았다.

화용군 앞에는 청의고수들의 우두머리인 사십 대 후반의 청삼인이 우뚝 서서 물었다.

"자네는 무엇 때문에 남천문 사람들에게 핍박을 당하고 있었느냐고 묻는 것이다."

"흐으… 무슨 헛소리냐… 네놈들이… 남천문의… 개새끼들이면서……."

청삼인은 화용군이 자신들을 남천고수로 오해하고 있다고 생각했다.

그러나 한 가지 사실만은 분명해졌다. 용모도 나이도 분간할 수 없을 정도로 심각한 중상을 입은 이 피투성이 사내가 남천문을 원수처럼 여긴다는 것이다.

청삼인은 주위를 한 차례 천천히 쓸어보고 나서 화용군이 혼자서 남천고수를 이십 명 가깝게 죽였다는 사실에 적잖이 감탄했다.

"자넨 심각한 중상을 입은 것 같은데 신분을 밝히면 우리가 도와줄 수도 있을 것 같네만."

그러나 화용군은 눈을 부릅뜨고 어금니를 꽉 다문 채 침묵을 지키고 있을 뿐이다.

그때 청삼인 옆의 청의고수 한 명이 화용군을 자세히 살피면서 말했다.

"대주(隊主), 이자는 죽은 것 같습니다."

제25장

배은망덕

　제남에서 북경에 이르는 관도에, 그리고 제남과 북경 전역에 수상한 사람들이 돌에 낀 이끼처럼 깔려서 한 사람을 찾느라 온통 들쑤시고 다녔다.

　그들은 하나같이 어깨에 검을 메고 있으며 살기 어린 흉흉한 얼굴로 구석구석 이 잡듯이 뒤지고 있다.

　그들은 자신들의 신분이나 소속을 나타낼 수 있는 것들을 철저하게 감추고 행동했다.

　하지만 천하의 소식통인 개방은 그들이 남천문의 고수와 무사들이며, 그들이 찾는 사람이 화용군이라는 사실을 이미 꿰뚫어 보고 있었다.

*　　　　*　　　　*

화용군은 똑바로 누운 자세에서 세 차례 연속해서 운공조
식을 하고 난 후에 줄곧 눈을 감은 상태로 잠시 휴식을 취하
고 있는 중이다.

화용군은 사흘 전 밤에 혼절에서 깨어나 정신이 들었다. 그
는 자신이 어느 아담한 실내의 침상에 누워 있는 것을 깨닫고
일어나려고 했으나 온몸이 천 갈래 만 갈래로 찢어지는 것 같
아서 뜻을 이루지 못했다.

그는 자신이 남천고수들하고 싸우다가 마지막으로 복부에
검을 찔린 직후에 두 명의 남천고수를 더 죽인 것까지만 기억
을 하고 있다.

그런데 그가 살아 있으며 이런 곳에 누워 있다는 것은 남천
고수들이 그를 죽이지 않았다는 뜻이다.

그렇다면 그는 남천문으로 끌려왔거나 최소한 그와 비슷
한 상황에 처한 것이 분명할 것이다.

그는 사흘 전 밤에 처음 깨어났을 때 그렇게 생각을 했었
다. 그래서 이곳에서 벗어나기 위해서 침상에서 일어나려고
했으나 몸이 조각나는 것처럼 고통스럽기만 할 뿐 조금도 움

직여지지 않았다.

그래서 사흘 동안 부지런히 운공조식을 하는 와중에 틈틈이 움직여 보려고 전력을 기울이고 있는 중이다.

오늘만 해도 벌써 삼십 번 넘게 운공조식을 했다. 어제는 자그마치 백오십 번. 깨어난 첫날은 한밤중이라서 열 번 남짓 했었다.

목적은 오로지 하나다. 어떻게 해서든지 기운을 차려서 이곳을 탈출하려는 것이다.

그래서 사흘 전부터 연속해서 세 번이나 다섯 번쯤 줄기차게 운공조식을 하고 나서는 움직이는 것을 시도했으나 번번이 실패했다.

이유는 단순하다. 지독하게 고통스럽기 때문이다. 예전에 그는 고통이 아무리 극심하다고 해도 얼마든지 이겨낼 수 있다고 생각했었다. 고통 때문에 의지가 꺾인다는 것은 말도 안 되는 일이다.

그렇지만 지금의 이 고통은 차원이 다르다. 죽을 것 같은 고통이란 바로 이런 것일 게다.

오죽하면 머리를 조금 들어 올려서 자신의 몸을 한 번 보는 것조차도 하지 못하고 있는 형편이다.

고통을 초월하여 억지로 강행했다가는 모가지가 찢어져서 파열되거나 혈맥이 터질 것 같아서 그만두었다. 아파서가 아니라 지금보다 더 최악의 상황에 처할 것 같아서다.

그러니까 그는 사흘, 아니, 정확하게 말하면 이틀하고 한나절 동안 고개조차 들지 못하고 통나무처럼 뻣뻣한 상태에서 보냈다.

그가 얼마나 오래 혼절해 있었는지는 모르지만 깨어난 지 사흘이 지났으니까 사흘 이상인 것만은 분명하다. 그렇다면 그 기간 동안 내내 이런 상태로 누워 있었다는 얘기다.

그는 눈을 뜨고 눈동자를 이리저리 굴리면서 사흘 동안 지겹도록 봐온 풍경을 다시 찬찬이 살펴보았다.

고개를 움직일 수 없는 상태에서 눈동자만을 굴려 그가 볼수 있는 것은 학이나 기러기 따위가 정교하고도 품격 높게 그려져 있는 천장과 왼쪽의 굳게 닫혀 있는 창의 윗부분, 그리고 오른쪽에 약간 거리를 두고 푸른 계통의 얇은 휘장이 드리워져 있는 것 등이 전부다.

그 정도만으로는 이곳이 잘 꾸며진 침실일 것이라고 추측하는 것이 전부다.

그는 몇 번 눈을 깜빡이다가 눈동자를 정지하고 천장을 물끄러미 주시했다.

이곳이 어디인지 짐작해 보려고 애썼으나 말짱 허사다. 알고 있는 것이 있어야지만 그걸 밑바탕으로 상상이라도 해볼수 있는 것이지 이건 숫제 단단한 바위에 대고 박치기를 하는

격이다.

척!

그때 오른쪽 휘장 너머에서 문이 열리는 소리가 들렸다. 화용군이 지난 사흘 동안 다섯 번 들었던 그 소리다. 이제 곧 문이 닫히고 긴 치마가 바닥에 끌리는 소리가 뒤를 이을 것이다.

그러기 전에 화용군은 급히 눈을 감았다. 공식적으로 그는 아직 혼절하고 있는 상태다. 그는 자신이 깨어 있다는 사실을 감추고 있었다.

탁… 사륵… 사륵…….

사람은 둘인데 한 사람의 옷자락만 끌린다. 화용군의 추측으로는 한 사람은 의원이고 다른 사람은 하녀다.

화용군이 정신을 차린 이후 다섯 차례 치료를 받았는데 전부 이들이 해주었다.

그렇다는 것은 그가 혼절해 있는 동안에도 이들이 줄곧 치료를 했다는 뜻이다.

이들이 들어오면 화용군은 절대로 눈을 뜨지 않고 계속 혼절해 있는 척 위장을 했었다.

깨어 있다는 것이 발각되면 그에게 어떤 조치가 가해질 것 같고, 또 계속 혼절한 척하고 있으면서 이들의 대화를 통해서 이곳이 어디인지 그리고 그 밖의 것들을 알아내려는 의도였는데 지금까지는 별 소득이 없었다. 이들이 거의 말을 하지 않기 때문이다.

사아…….

두 사람이 휘장을 걷고 침상으로 들어왔다. 그러면 두 가지 반응이 일어난다.

휘장이 펄럭이면서 미약한 바람이 불어오고, 한 줄기 은은한 향기가 그윽하게 밀려든다.

팔락…….

지난 다섯 번 동안 그랬던 것처럼 휘장이 일으킨 바람이 화용군의 얼굴을 간질였으며 꿈결처럼 아련한 향기가 코끝에서 가만히 맴돌았다. 무슨 향기인지는 모르겠지만 무척 좋은 냄새다.

척… 딸깍…….

침상 옆에 놓여 있을 것이라고 짐작되는 탁자에 그들이 뭔가를 내려놓는 소리다. 아마도 치료에 필요한 도구 같은 것일 게다.

스슥…….

하녀가 이불을 걷었다. 하녀라는 것을 알 수 있는 이유는 그녀에게선 향기가 나지 않기 때문이다.

이불을 걷으니까 화용군은 서늘함이 온몸으로 싸아 하게 끼치는 것을 느꼈다.

설마 그러지 않기를 바라지만 그는 자신이 현재 알몸일 것이라고 짐작했다.

그는 자신의 몸에 얼마나 많은 상처가 있는지 잘 모르고 있었으며 그저 막연하게 적어도 열 군데는 넘을 것이라고 짐작했었다.

그러니 그 자신이 의원이라고 해도 그 많은 상처를 치료하려면 매번 옷을 입혔다가 벗기느니 차라리 알몸을 만들어서 치료를 하고 끝나면 이불을 덮어두는 쪽이 한결 수월할 터이다.

처음에는 조금 수치스럽기도 했지만 지금은 거의 아무렇지도 않다.

그의 상황으로는 그런 하찮은 것으로 수치심을 느끼는 것보다 해야 할 일이 훨씬 더 많기 때문이다. 그까짓 벌거벗은 몸뚱이 좀 보여주는 것이 뭐 대수인가.

그보다 비교할 수 없을 정도로 수치스러운 일도 있으며 그것마저도 두 눈 꾹 감고 견디고 있다.

그때 하녀가 화용군의 다리를 넓게 벌리자 그는 조금 더 세게 눈을 감았고 어금니를 지그시 악물었다.

지금부터 그가 알몸을 보이는 것보다 더 수치스러운 일이 행해질 것이다.

슥슥―

하녀는 그의 사타구니 아래에서 뭔가를 꺼냈다. 그러자 구린 냄새가 진동했다.

그는 그것이 오물이라는 것을 알고 있다. 말이 좋아서 오물이지 대변이고 소변일 것이다.

인간은 죽지 않은 이상 최소한 하루에 한 번은 대변을 그리고 여러 차례 소변을 보게 되어 있다.

아마도 그의 사타구니 아래에는 대소변을 보게끔 헝겊을 깔아놓았거나 대소변이 이불에 묻지 않도록 조치를 취해두었을 것이다.

그래서 하녀는 지금 그것을 둘둘 말아서 치우고 있는 것일 게다. 그렇기에 냄새가 진동하는 것이다.

혼절해 있는 동안에는 그가 대소변을 봤는지 어쨌는지 알수가 없다.

신체 건강한 남자지만 그래도 제대로 먹지 않아서 대소변의 양은 그다지 많지 않을 터이다.

그래도 멀쩡한 사내가 손가락 하나 움직이지 못한 상태로 누워서 똥오줌을 싸대고, 그것을 여자가 일일이 치운다는 것은 견디기 어려운 치욕이다.

그러나 일이 끝난 게 아니다. 하녀는 따뜻한 물에 적신 헝겊으로 화용군의 사타구니, 즉 항문과 음경을 깨끗이 닦기까지 했다.

닦지 않으면 그의 사타구니는 오물투성이일 것이고 치료가 불가능할 터이다.

그러고 나서 한쪽에서 물소리가 났다. 아마도 하녀가 손을 씻는 모양이다.

그렇지만 대소변을 치워준 그녀에게 미안함보다는 은근히 부아가 치밀었다. 왜 그런지는 모르겠다.

이후 그녀는 능숙한 솜씨로 화용군의 몸 곳곳 상처에 붙여놓은 헝겊을 차례로 제거했다.

지난 사흘 동안 하루에 두 번씩 치료를 했으므로 이제는 상처가 도합 열두 군데라는 것을 알게 되었다.

슥―

그중에 네 군데가 심했으며 가장 심한 곳은 검에 찔린 복부의 상처다.

상처의 헝겊을 떼어내고 나서는 그다음은 상처들을 깨끗이 닦아낸다.

그런데 물로 닦는 것이 아닌 듯하다. 상처를 닦을 때마다 지독하게 아프면서도 동시에 시원했다. 그리고 코를 자극하는 매캐한 냄새가 진동했다. 아마도 특수한 약초를 우려낸 물인 것 같다.

사삭… 슥…….

화용군은 눈을 감고 있어도 하녀가 상처를 닦고 의원은 그

옆에서 치료할 준비를 하고 있다는 것을 소리만 듣고서도 알
수 있다.

"다 됐습니다."

하녀가 화용군의 몸에서 손을 떼며 공손한 어조로 말했다.

몹시 공손하지만 물러터진 목소리가 아니라 단단하면서도
절제가 가득한 차분하게 가라앉은 목소리다.

그것은 일개 하녀의 목소리라고는 보기 힘들다. 그렇지만
여기에서는 의원의 잡일을 도맡는 하녀의 역할을 하고 있기
에 그저 하녀라고 생각했다.

사각······.

작은 항아리나 병 같은 것의 뚜껑을 여는 소리가 나고, 의
원은 그것에서 어떤 약을 숟가락 같은 용기로 덜어내서 화용
군의 상처에 충분히 묻힌다.

그러고는 의원이 직접 손바닥으로 정성껏 상처에 부드럽
게 문질러 펴서 바르고는 헝겊을 덮어준다.

화용군이 깨어나 있는 사흘 동안 의원은 한마디도 하지 않
았다. 벙어리라고 착각할 정도다.

아니면 의원과 하녀가 말이 필요하지 않을 정도로 손발이
잘 맞는다는 뜻이다.

하지만 그는 의원에게서 나는 그윽한 향기와 부드럽고 따
스한 손길로 여자일 것이라고 짐작했다.

슥―

그다음에는 하녀가 화용군의 옆에서 그의 상체를 일으켜 머리가 숙여지지 않도록 붙잡았고, 의원이 그의 정수리 옆에 검에 베인 상처에 약을 바르고 헝겊을 붙였다.

슥―

그러고 나서 하녀는 화용군의 몸통을 잡고 뒤집었다. 이 동작에서도 그녀는 육중한 그의 몸을 어린아이 다루듯이 아주 가볍게 뒤집었다.

그것만 봐도 그녀가 일개 하녀는 아니라는 증거다. 그녀는 필경 공력을 지니고 있을 것이다.

그녀는 비단 그의 몸을 가볍게 뒤집었을 뿐만 아니라 그의 얼굴이 베개에 묻혀서 숨을 쉬지 못할까 봐 얼굴을 옆으로 돌려주었다.

몸을 만질 때도 느낀 일이지만 얼굴을 만질 때 하녀의 손은 매우 찼다.

그리고 투박했다. 손길이 투박한 것이 아니라 손바닥이 거칠고 손마디에 굳은살이 뱄다.

그리고 그녀의 손에서는 쇠 냄새가 났다. 대소변을 처리하고 나서 손을 씻었기에 오물 냄새는 나지 않았다.

그런데도 쇠 냄새가 난다는 것은 그녀가 하루 종일 쇠붙이와 더불어서 지낸다는 뜻이다.

쇠붙이도 그냥 쇠붙이가 아니다. 화용군에게도 익숙한 냄새, 즉 검의 냄새 검향(劍香)이다.

몸 앞쪽에 여섯 군데를 치료했으므로 이번에는 뒤쪽과 옆구리의 여섯 군데를 치료할 차례다.

의원이 둔부 아래쪽 항문과 가까운 부위에 약을 바르고 부드럽게 문지를 때에도 그는 수치심을 느끼지 않았다. 똥오줌을 처리하고 항문과 음경을 닦아주는 수치심마저 견뎠는데 더 이상 무엇을 견디지 못하겠는가.

마지막으로 하녀는 화용군의 몸을 똑바로 눕히고 그 자신이 침상에 걸터앉아서 그의 상체를 일으켜서 자신의 품에 안았다. 이것 역시 능숙한 동작이다.

그의 머리를 어깨에 얹고서 손으로 그의 양쪽 뺨을 지그시 눌러서 입이 벌어지게 했다.

그는 지금 그녀들이 무얼 하려는 것인지 알고 있다. 밥인지 약인지 모를 하여튼 그런 것을 먹이려는 것이다.

하녀가 그를 안고 입을 벌리고 있으면 의원이 숟가락으로 떠서 미지근한 액체를 입에 넣어준다. 그런 것을 먹으니까 혼절한 상태에서도 똥오줌을 쌌던 것이다.

슥―

침상의 진동과 그윽한 향기가 몰칵 끼쳐 오는 것으로 봐서 의원이 침상에 걸터앉은 것 같다.

화용군은 뒷머리에 하녀의 단단하면서도 풍만한 젖가슴을, 그리고 등과 등허리로는 그녀의 탄력 있는 복부와 그 아래쪽 부위를 고스란히 느끼고 있지만 그런 것에는 신경조차 쓰지 않았다.

의원은 서두르지 않고 오랜 시간을 두고 천천히 정성스럽게 액체를 그의 입에 흘려 넣어주었다.

구수한 곡식 맛도 나고 더불어서 쌉쌀하고 쓴 약재의 맛도 느껴지는 식사다.

두 사람은 치료하는 것을 마치 경건한 의식을 진행하듯이 천천히 조심스럽게 했다. 그리고 치료를 하고 끝낼 때까지도 거의 말을 하지 않았다.

화용군은 더 이상 참지 못했다. 이런 상태로 언제까지 있어야 하는 것인지 견딜 수가 없었다.

설사 여기가 남천문이라고 해도 이제는 끝장을 봐야겠다고 생각했다.

그래서 두 사람이 치료를 끝내고 나서 침상 휘장 밖으로 나가 문으로 걸어가는 기척이 날 때 눈을 뜨며 조용히 입을 열었다.

"나 좀 봅시다."

두 사람의 기척이 뚝 끊어졌다. 그리고 잠시 후에 침상으로

다가오는 기척이 들렸다.

그리고 다시 그만큼의 시간이 흐르고 나서 두 사람의 모습이 눈을 뜨고 있는 그의 시야에 들어왔다.

화용군은 눈동자를 약간 굴리고서도 두 명의 여자 모습을 충분히 볼 수 있게 되었다.

하녀라고 생각했던 여자가 화용군 쪽에 가까이 섰고 의원이라 여겼던 여자는 그녀 옆에 섰다.

두 여자는 키가 엇비슷했지만 모든 면에서 완전히 다른 모습이었다.

하녀는 늘씬한 체구이며 몸에 찰싹 달라붙는 경장 차림에 어깨에는 한 자루 고색창연한 장검을 멨으며 한눈에 봐도 일류검객의 기도가 풍겼다.

검게 탄 얼굴에 긴 머리카락을 하나로 묶었으며 이십이삼 세 정도의 나이다.

그녀에게서 느껴지는 것은 단지 한 가지다. 지독하게 날카로워서 가까이 근접하면 베일 것 같다는 강렬함뿐이다. 여자로서의 용모는 그 날카로움 뒤에 감춰져 있었다. 그녀는 하녀에 걸맞지 않은 강렬한 날카로움을 지니고 있었다. 그러니까 하녀라고 하는 것은 언어도단이다.

그녀 옆에서 다소곳한 자세로 화용군을 바라보고 있는 여자는 이십 세가 채 안 되어 보이는 앳된 용모다.

연분홍 최고급의 비단옷을 입었으며 어린 나이임에도 칠흑처럼 검은 머리카락을 틀어 올려 비녀를 꽂았는데 검은 구름을 얹고 있는 것처럼 탐스러웠고 우아한 기품이 철철 넘쳐 흘렀다.

커다랗고 검은 눈은 가만히 있는데도 물기가 촉촉해서 흡사 눈물을 머금고 있는 것 같았다.

그런데 두 여자는 오랫동안 혼절했다가 깨어난 사람 앞에서 그다지 놀라는 표정이 아니다.

의원 여자는 화용군이 무슨 말을 하길 잠자코 기다리다가 그가 침묵을 지키고 있자 새빨간 장미 꽃잎을 물고 있는 듯한 입술을 나풀거리며 물었다.

"불편한 곳이 있나요?"

이럴 때는 보통 놀란 얼굴로 드디어 깨어났다느니, 정말 다행이라느니 수선스럽게 굴어야 마땅한데 이 두 여자는 지나칠 정도로 차분했다. 이런 경우는 오직 하나의 상황에서만 가능하다.

'내가 깨어 있었다는 것을 알고 있었다.'

틀림없다. 이 두 명의 여자는 그가 깨어났다는 사실을 이미 알고 있었다.

그걸 언제 알았는지는 모르겠지만 알고 있었던 것이 분명하다. 그러면서도 모른 체했다.

화용군이 혼절한 사람답지 않은 어떤 움직임이나 표정을 취했기 때문에 알아차렸을 것이다.

그는 의원 여자를 똑바로 주시했다. 그녀가 치료해 준 덕분에 그가 목숨을 부지하고 살아 있는 것이겠지만 전혀 고마움을 느끼지 않았다. 아마도 그녀가 남천문 사람이라고 생각하기 때문일 것이다.

그런데 화용군이 곱지 않은 다소 도전적인 눈빛으로 쏘아보는데도 의원 여자는 엷은 미소를 지으며 가볍게 고개를 끄떡여보였다.

"다행이에요."

"……"

화용군은 순간 머리가 멍해졌다. 이것이 싸움이라면 그는 명백하게 패했다. 그냥 패한 것이 아니라 일패도지(一敗塗地) 대패다.

그의 잡아먹을 듯한 눈빛을 그녀는 부드러운 미소와 온화한 목소리로 단번에 제압해 버렸다.

하녀는 강렬한 날카로움을 지니고 있는데 의원 여자는 무엇이든지 녹이는 능력이 있는 것 같다.

슬픈 듯 검고 촉촉한 눈은 악함이라고는 추호도 담겨 있지 않았다.

선(善)함의 정수(精髓)라는 것이 존재한다면 그것은 아마도 의원 여자의 눈일 것이다.

더구나 그녀의 목소리는 청아하고 맑으면서도 풀잎이 서로 스치듯이 사근사근했다.

듣지 않으려고 해도 피부 속으로 스며들어 온몸을 무기력하게 만들어 버렸다.

그렇지만 화용군은 자신이 의원 여자의 눈과 목소리에 잠시나마 무기력해졌다는 사실에 화가 났다.

"뭐가 다행이라는 것이냐?"

그래서 그나마 예의마저도 집어치우고 거칠게 대꾸했다.

"이놈이 감히 하늘같은 천보(天寶)께 무례하다니 목을 베어버리겠다!"

슝—

"호랑(虎狼)."

화용군 바로 옆에 서 있는 하녀가 즉시 검을 뽑자 의원 여자가 조용한 목소리로 그녀를 불렀다. 단지 그것뿐인데 하녀는 검을 다시 검실에 넣었다. 의원 여자의 목소리에 꾸짖음이 깃들어 있었기 때문일 것이다.

그런데 화용군은 '천보'라는 말에 의원 여자를 새삼스럽게 쳐다보았다.

그는 지난달에 복수를 하러 항주에 가는 길에 항주 북쪽 오십여 리 위치에 있는 무강현에 들른 적이 있었다.

육 년 전, 가문이 멸문지화를 당하기 며칠 전에 그와 누나는 무강현의 친척집에 피신을 왔었다.

그 덕분에 두 사람은 목숨을 건졌으나 그들이 떠난 후에 친척집이 남천문 무강지부에 의해서 핏물로 씻어지는 불행을 당했었다.

그 사실을 뒤늦게 알게 된 화용군은 남천문 무강지부를 거의 몰살시켰으며, 그때 마침 도착한 전령이 지부주에게 가져갈 서찰을 뺏어 읽었었다.

─천보(天寶)께서 무강에서 하룻밤 머무실 곳을 마련해 놓도록 하라. 두 시진 후에 도착할 예정이다.

─衛[위]

기억력에 관한한 화용군은 타의 추종을 불허한다. 그의 기억에는 서찰에 그런 내용이 적혀 있었다.

그 당시에는 천보니 뭐니 하는 것에는 관심이 없었다. 그의 관심사는 오로지 복수뿐이었다.

그런데 그때 서찰에서 읽었던 '천보'라는 호칭을 이곳에서 다시 듣게 될 줄은 몰랐다.

화용군의 귀가 잘못되지 않았다면 그는 방금 하녀, 아니, 호랑이라는 여자의 입에서 튀어나온 '천보'라는 호칭을 똑똑

하게 들었다.

그런데 천보는 의아한 표정을 지으며 화용군에게 물었다.

"소녀를 아시나요?"

"내가 너 따위를 어떻게 아느냐?"

화용군은 상처 입은 맹수가 으르렁거리듯이 그녀를 쏘아보며 내뱉었다.

그는 자신의 말에 천보의 표정이 비로소 흐려지는 것을 보고 내심 득의한 미소를 지었다.

손가락 하나 까딱하지 못하는 그가 자신을 살려준 여자에게 세 치 혓바닥으로 일침을 가했다. 하지만 그것은 비겁한 열등감의 발로다.

그래서 그는 내심으로 득의하지만 그런 것으로 득의해하는 자신의 모습이 매우 비참하게 느껴졌다.

"몸조리 잘하세요."

천보는 더 이상 말하지 않고 가볍게 고개를 숙이며 그 말을 남기고 휘장 밖으로 나갔다.

호랑은 천보를 곧장 뒤따라가지 않고 분노 때문에 새파래진 얼굴로 죽일 듯이 화용군을 쏘아보았다.

기왕지사 내친걸음이라 화용군은 호랑까지도 싸잡아서 이죽거렸다.

"후후후… 내 몸을 실컷 만져 봤으니까 이제는 네 몸뚱이를 만지게 해줄 테냐?"

"미친……."

호랑의 얼굴이 보기 싫게 일그러졌다.

쿵!

천보가 평소하고는 달리 오늘은 문을 세게 닫고 나가는 소리가 들렸다.

"버러지 같은 놈."

호랑은 갑자기 오른 주먹을 번개같이 뻗었다.

팡! 퍽!

화용군은 죽일 테면 죽여보라는 식으로 눈을 부릅뜬 채 깜빡거리지도 않았다.

그러나 호랑은 그를 때리지 않았다. 주먹을 쭉 뻗어서 그의 얼굴 반 뼘 위로 수평이 되도록 짧게 끊어 치면서 멈추자 허공이 쨍! 하면서 떨어 울렸다. 그 파열음 때문에 그는 고막이 먹먹했다.

호랑이 찬바람이 나도록 몸을 돌려서 나간 후에 화용군은 눈동자를 굴려서 왼쪽의 벽을 보았다.

방금 전에 허공을 울리는 파열음과 둔탁한 소리가 동시에 터졌기 때문이다.

그곳의 나무 벽은 주먹 하나가 들어가고도 남을 정도로 움푹 꺼져 있었다.

'권풍(拳風)······.'

화용군의 표정이 저절로 굳어졌다. 단전의 공력을 손바닥이나 주먹을 통해서 몸 밖으로 발출하는 것을 장풍(掌風)이나 권풍이라고 한다는데 그의 눈으로 직접 보는 것은 지금이 처음이다.

"으으······."

화용군은 이마와 목에 힘줄이 울퉁불퉁하게 곤두설 정도로 힘을 잔뜩 주면서 아주 느리게 머리를 들어 올렸다.

겨우 손가락 두 마디 정도 머리를 들어 올리는데 일각이나 걸렸으며 땀이 비 오듯 했다.

고통은 이루 말할 수도 없을 정도다. 머리는 깨지는 것 같고 목이 찢어지는 듯했다.

그는 부들부들 떨리는 몸으로 자신의 배를 간신히 쳐다보고 나서는 머리를 베개에 세차게 눕혔다.

턱!

"허허허······."

머리를 겨우 세 치 정도 들어 올렸다가 내린 것뿐인데 머리가 핑핑 돌고 허파가 터질 것처럼 힘이 들었다.

"그러다가 상처가 터져서 죽을 수 있다."

그런데 그때 화용군의 오른쪽 옆에서 조용한 남자 목소리가 들렸다.

화용군은 움찔 놀라서 눈동자를 최대한 굴려서 남자를 보려고 했지만 보이지 않았다.

그러다가 잠시 후에 남자가 침상에 가까이 다가와서야 그의 모습이 보였다.

처음 보는 사내인데 청의 경장 차림에 삼십 대 중반의 나이, 까칠한 수염은 일부러 기르는 것이 아니라 바빠서 깎지 못한 듯한 모습이다.

"나는 적단호(適單浩)라고 하네. 자넨 누군가?"

청의인 적단호의 말에 화용군은 미간을 슬쩍 찌푸렸다. 적단호가 남천고수인 것이 분명할 텐데 화용군이 누군지 모를 리가 없기 때문이다.

그러고 보니까 화용군이 혼절해 있는 동안, 그리고 깨어난 이후에도 천보와 호랑 두 여자가 그토록 극진하게 치료를 해준 것도 이상하다.

화용군은 남천문 소문주이자 승명왕자인 주고후를 비롯하여 백호전주 마궁평 등 꽤 많은 남천문 사람을 죽인 악독한 흉수이므로 뇌옥에 감금해야 마땅한데 이렇게 잘 대해준다는 것이 있을 수 없는 일이다.

"여긴 어디요?"

그는 적단호의 물음에 물음으로 답했다.

적단호는 스스럼없이 대답했다.

"동명왕부(東明王府)일세."

"동명왕부?"

대답을 듣고 나서 화용군은 혼란스러웠다. 그리고 서둘러 기억 속에서 '동명'이라는 말을 끄집어냈다.

항주에 복수를 하러 갔을 때 '애새아비아탈취사건'에 동명왕(東明王)이 관련되어 있다는 말을 들었다.

청룡전주가 애새아비아에서 들여온 열 개의 보석 상자를 빼돌려서 동명왕이 반란을 일으키려는 군자금(軍資金)으로 주었다는 내용이었다.

그래서 청룡전주 이하 측근들이 역모를 했다는 이유로 구족멸문이라는 중형을 받았던 것이다.

하지만 그것은 새빨간 거짓말이었다. 동명왕에게 주었다는 열 개의 보석 상자는 사실 남천문 소문주인 주고후가 갖고 있었다.

화용군은 그것들이 있는 장소를 옛 청룡전주의 딸이며 항주 자봉각의 각주인 자봉 한련에게 알려주고 왔다.

화용군이 동명왕에 대해서 알고 있는 것은 그게 전부다. 그러므로 그와는 악연도 선연도 아니다.

동명왕에게는 은혜도 원한도 아무것도 없다는 뜻이다. 그런데 그가 동명왕부에 누워 있다니 꿈속에서조차 상상하지 못할 일이다.

문득 그는 아까 천보와 호랑에게 해댔던 파렴치한 행동이 떠올랐다.

이곳이 동명왕부라면 그녀들은 남천문하고는 아무런 상관이 없다는 뜻이다.

그런데도 그녀들을 남천문 사람이라고 오해를 하여 함부로, 아니, 은혜를 원수로 갚은 것이니 어찌 그것이 사람의 할 짓이라는 말인가.

너무 성급했다. 조금 더 상황을 알아보고 나서 발작을 해도 늦지 않았을 텐데 말이다.

"내가 왜 여기에……."

그는 쓰디쓴 심정을 누르고 적단호를 쳐다보았다.

"기억나지 않는 겐가?"

"뭐가 말이오?"

적단호는 호랑에게서 화용군이 깨어났으며 그가 그녀들에게 무슨 짓을 어떻게 했는지에 대해서 자세히 듣고 나서 이곳에 들어왔다.

그러나 그는 화를 내기에 앞서 화용군이 뭔가 크게 착각을 하고 있을 것이라고 짐작했다.

"자네는 제남으로 가는 관도 옆 들판에서 남천고수들하고 싸우고 있었네."

"그렇소."

십여 군데 이상 크고 작은 상처를 입었으며, 마지막으로 검에 복부를 찔린 직후에 남천고수 두 명을 죽이고 나서부터는 기억이 나지 않는다.

적단호는 서두르지 않고 나지막한 목소리로 설명했다.

"우리는 북경으로 귀환하던 길이었는데 자네가 남천고수들에게 당하고 있는 광경을 우연히 목격했네. 그래서 우린 남천고수들을 죽이고 또 쫓아버려서 자넬 구했지. 그런데 자넨 피투성이가 되어 우리를 남천고수로 오해하고 검을 휘두르다가 혼절했었지."

"음."

화용군은 이제야 어찌 된 일인지 깨달았다. 이들 동명왕부의 고수들이 남천고수들을 쫓아버리고 그를 구해서 이리로 데려왔던 것이다.

"그게 언제였소?"

"열흘 전일세."

"열흘……."

그렇다면 그는 칠 일 동안 혼절해 있다가 깨어났고 이후 사흘이 더 지난 것이다.

화용군은 자신이 천보와 호랑에게 했던 배덕(背德)한 짓이 자꾸만 생각나서 괴로웠다.

그 괴로움이 육체에 가해지고 있는 고통보다 훨씬 더 견디기 어려웠다.

"천보… 가 누구요?"

그래서 그렇게 묻지 않을 수 없었다.

적단호는 씁쓸한 미소를 지었다. 그가 지금쯤 그렇게 물을 것이라고 짐작했다.

"자네가 그분께 결례를 저질렀다는 말을 좌호위대주(左護衛隊主)께 들었네."

"좌호위대주라는 것은……."

"그분의 존명은 호랑일세."

일개 하녀인 줄 알았던 여자가 '좌호위대주'라고 한다. 자세한 것은 모르겠지만 동명왕부에서 그 정도의 신분이라면 대단할 터이다.

적단호가 그녀에 대해서 말하며 매우 공경한 것만 봐도 어느 정도 짐작할 수가 있다.

그런데 좌호위대주가 하녀처럼 측근에서 호위를 하고 또 잡일을 마다하지 않고 거들 정도의 천보는 얼마나 존귀한 존재라는 말인가.

적단호는 두 손을 맞잡고 포권지례를 취하며 매우 공경하게 말했다.

"천보께선 동명왕 전하의 장중주(掌中珠)일세. 존함은 주옥

령(朱玉鈴)이시고 천보공주(天寶公主)이신데 다들 천보라고
부르는 걸세."

"……."

그 말을 듣는 순간 화용군은 머릿속이 텅 비어버렸다. 그녀
가 황족이며 동명왕의 딸이라서가 아니라 남천문 사람이라고
오해를 하여 패악(悖惡)을 떨었기 때문이다.

청의인은 차분하게 말했다.

"자, 이젠 내가 묻겠네. 자넨 누군가?"

화용군은 씁쓸한 얼굴로 중얼거렸다.

"나는 화용군이라 하오."

제26장

죽음보다 더한 치욕

그날 이후 천보는 화용군을 치료해 주러 오지 않았다.

화용군은 만약 그녀가 오면 진심으로 사과를 해야겠다고 생각했으나 그날 이후 그녀를 보지 못했다.

역지사지. 화용군이 그녀의 입장이라고 해도 두 번 다시 치료를 해주러 오지 않을 것이다.

아니, 그런 모욕을 당했을 때 그 자리에서 목을 잘라서 죽여 버렸을 것이다.

그런데도 그녀는 좌호위대주 호랑이 그를 죽이려는 것을 오히려 제지했었다.

화용군은 천보에게 사과를 해야 한다고 생각하면서도 속으로는 그녀가 오지 않기를 바랐다. 철면피라면 모를까 그녀를 볼 낯이 없기 때문이다.

그날 이후 천보 대신 그를 치료해 주러 오는 사람은 오십 대 초로의 의원이며, 시중을 드는 사람도 삼십 대의 수염투성이 사내였다.

물론 화용군의 똥오줌을 치우고 사타구니를 씻어주는 것은 수염투성이의 몫이 되었다.

그래도 화용군으로서는 여자인 호랑보다 수염투성이가 그런 일을 해주는 것이 한결 마음이 가벼웠다.

하지만 새로 바뀐 의원이 치료를 하게 된 이후 화용군의 회복이 예전보다 더뎠으며 치료를 하는 과정도 훨씬 길어졌고 또 무척 고통스러웠다.

천보가 치료를 할 때는 아픈 줄 몰랐었는데 바뀐 의원은 건드리는 데마다 아팠다.

어느 날 화용군이 거기에 대해서 물으니까 의원은 당연하다는 듯이 대답했다.

"내가 어찌 의선(醫仙)이라는 칭송을 받고 계시는 사부님하고 견줄 수 있겠소."

"천보공주가 당신의 사부라는 말이오?"

"그렇소. 사부님께서는 열 명의 제자를 거두셨는데 내가 그중에 나이가 가장 많소."

청의인 적단호는 침상에서 꼼짝도 하지 못하고 누워 있는
화용군에게 자주 찾아와서 말벗이 돼주었다.

그렇지만 화용군이 워낙 과묵하기 때문에 주로 말을 많이
하는 쪽은 적단호다.

적단호는 많은 시간을 할애하여 동명왕에 대해서 설명을
해주었다.

그런 설명을 반드시 해줘야만 하기 때문이 아니라 할 말이
그것밖에 없기 때문이다.

화용군은 하루 종일 무료했기 때문에 아무 대화라도 묵묵
히 듣기만 했다.

적단호 덕분에 화용군은 동명왕과 현재의 정세에 대해서
자세히 알게 되었다.

당금 황제가 병환을 얻어 위중하다는 사실, 슬하에 왕자가
없기 때문에 형제 중 한 명에게 황위(皇位)를 물려줘야만 하
는 실정이라는 것, 선황(先皇)의 장남이 당금 황제이고 둘째
가 남천왕, 셋째가 동명왕이며, 두 명의 형제가 더 있다는 등
의 사실이다.

하지만 적단호는 황위 쟁탈을 위한 암투라든가 구체적인
사안에 대해서는 말하지 않았다.

화용군으로서는 관심이 없는 얘기지만 적단호가 하는 말을 멈추게 하지는 않았다.

"일전에 천보에 대한 서찰을 무강현에서 접한 적이 있었소."

화용군은 자신이 무강현에서 전령을 죽이고 그가 지니고 있던 서찰을 읽었다는 얘기를 했다.

"그때 천보는 남천문으로 가는 길이었던 것 같았는데……."

적단호는 고개를 끄떡였다.

"남천왕의 막내딸인 무련공주(霧蓮公主)가 병에 걸려서 천보공주께서 고치러 가신 걸세."

"그럴 수 있소?"

남천왕은 동생인 동명왕을 원수처럼 여겨 사갈시(蛇蝎視)하고 있는데 어떻게 천보가 남천왕의 딸의 병을 고치러 갈 수 있는지를 묻는 것이다.

적단호는 빙그레 미소를 지으며 자랑스러운 듯 말했다.

"천하에서 천보를 싫어하는 사람은 아무도 없네. 내가 아는 한 그분은 극선(極善) 그 자체이시니까 천하에 적이 없네. 아무리 남천왕이라고 해도 천보의 방문은 무조건 쌍수를 들어 환영한다네. 천보는 사람을 이롭게 할지언정 해치지 않기 때문일세."

그는 천보에 대해서는 할 말이 많은 것 같았다.

"왜 그녀가 나를 치료한 것이오?"

화용군이 궁금하게 여기던 것을 묻자 적단호는 당연하다는 듯 대답했다.

"천보만이 자네를 살릴 수 있으니까."

대답은 간단했다. 그렇지만 괜한 것을 물었다. 그 덕분에 천보에게 심하게 굴었던 것이 또다시 생각나서 기분이 우울해졌다.

적단호의 말을 달리 해석하면 죽을 수밖에 없는 화용군을 천보가 살렸다는 뜻이다.

그녀가 아니면 구할 사람이 없었기 때문이라는 것이다. 말하자면 그녀는 생명의 은인이다.

"그때 관도에서 나를 구해준 사람은 누구였소?"

"누구라니, 우리들이었지."

"나를 구하라고 명령을 내린 사람이 있었을 것 아니오."

적단호는 고개를 가로저었다.

"명령 같은 것은 없었네. 동명왕부에 적을 두고 있는 동명고수(東明高手)라면 어느 누구라도 남천고수를 만나면 죽이려고 할 테니까."

이를테면 길을 가던 동명고수들은 싸우고 있는 남천고수들을 발견해서 기습을 했으며, 그러다 보니까 화용군을 우연찮게 구했다는 뜻이다.

　그런 경우에는 보통 '우리가 너를 구했다' 라고 의기양양하는 법인데 적단호는 도랑을 치다가 가재를 잡았다는 식으로 대수롭지 않게 말했다.

　관도에서 남천고수들에게 당한 지 한 달이 지났다.

　화용군은 닷새 전부터 힘겹게나마 조금씩 움직일 수 있어서 식사와 측소(厠所:화장실)에 가는 것을 혼자서 해결할 수 있게 되었다.

　거의 한 달 가깝게 침상에만 누워 있다가 일어나니까 날아갈 것 같았다.

　하지만 그건 마음뿐이다. 너무 오래 누워 있었던 탓에 등이 짓물러서 따로 그것을 치료해야만 했다.

　닷새 전에 그는 정말 오랜만에 실내에서 손으로 벽을 짚고 몇 걸음씩 걸었으며, 사흘 전부터는 밖으로 나가서 정원을 거닐기 시작했다.

　"후우……."

　정원에서 잠시도 쉬지 않고 반 시진 가까이 걸어 다닌 그는 극도로 지치고 고통스러워서 땀을 비 오듯이 흘리면서 근처의 납작한 바위에 무너지듯이 주저앉았다.

걸음을 옮기면 온몸의 상처들이 일제히 아우성을 쳤다. 그 중에서도 복부의 비명이 제일 컸다.

그렇지만 그를 치료하고 있는 의원은 조심해서 걸으면 상처가 터지는 일은 없을 것이라고 말했었다. 이제 남은 것은 치료보다는 정양(靜養)이다. 잘 먹고 잘 쉬면 세월이 해결해 준다는 뜻이다.

이곳은 타원형으로 둥글게 담이 둘러쳐진 안쪽에 이 층의 전각 한 채와 전각 앞쪽에 아담한 정원이 있으며, 한쪽에 문이 있는데 지금은 닫혀 있다.

그가 지난 한 달여 동안 치료를 받으면서 지낸 방은 전각의 일 층에 있다.

그리고 이 전각에는 주방과 거실, 서가, 여러 개의 침실 등이 갖추어져 있으며, 여기에 속한 하녀와 숙수 다섯 명이 상주하고 있다.

말하자면 이곳은 동명왕부 내의 별채 같은 곳인 듯하다. 화용군은 며칠째 정원에서 걷는 연습을 하고 있지만 별채를 벗어나 문 밖으로 나간 적은 없다.

그리고 외부인이 불쑥 들어오는 경우도 없다. 문 밖으로 출입하는 사람은 적단호 한 명뿐이다.

화용군은 백학선우와 혈명단에게 복수를 하기 위해서 마음이 급하지만 지금 이런 엉망인 상태로는 제남까지 가는 것조차도 어렵다.

설혹 몸이 다 낫는다고 해도 백학무숙에 무작정 쳐들어가는 것은 심각하게 고려를 해봐야 할 일이다.

지금까지 그는 목표가 일단 정해지면 물불 가리지 않고 무조건 돌진했었다.

그렇지만 한 달 전에 그는 남천고수들과 싸우는 과정에서 뼈아픈 경험을 했다.

단지 하고자 하는 의지와 속 빈 수수깡 같은 용기만 갖고는 결코 백학선우를 죽이지 못할 것이라는 사실을 스스로 깨달았던 것이다.

중요한 것은 실력이다. 여태까지 그는 자신의 실력이 최고는 아니더라도 꽤 쓸 만한 편이라고 자신했었다.

그런데 남천고수들의 포위망에 갇혀서 맥도 추지 못하고 사경에 처했던 것을 생각하면 그의 진짜 실력은 형편없는 수준인 것이 분명하다.

남천문 일급 백의고수 두 명과 평수를 이루고 이급 황의고수 세 명하고도 평수다.

그 말은 백의고수 세 명이나 황의고수 네 명하고 싸우면 필패(必敗)한다는 뜻이다.

그런 실력 갖고는 어디에 가서 자신의 이름 석 자를 떳떳하게 밝히는 것조차 낯 뜨겁다.

그는 어차피 구주무관 동료들의 복수를 하고 나면 누나의 묘 앞에서 스스로 목숨을 끊으려는 각오를 했으니까 죽는 것은 무섭지 않지만 무가치하게 개죽음을 당하는 것이 싫은 것뿐이다.

무슨 수를 써서라도 실력을 키워야 한다. 지금 이런 어줍지 않은 실력으로 백학무숙에 쳐들어갔다가는 백 번이면 백 번다 개죽음을 당할 것이다.

백학선우가 대명제관을 통틀어서 제 일인자라는 사실은 코흘리개조차도 알고 있다.

또한 백학무숙에는 백학선우 혼자만 있는 것이 아니다. 백학선우의 일가친척들과 수십 명의 사범을 비롯하여 실력자가 수두룩할 터이다. 백학선우를 죽이려면 그 모두를 상대해야만 한다.

그런데 남천고수 두 명 혹은 세 명하고 평수를 이루는 실력으로 어떻게 백학선우를 죽이겠다는 말인가. 지나가던 개가 웃을 일이다.

"빌어먹을……."

탁!

그는 손바닥으로 자신이 앉아 있는 바위를 치며 벌떡 일어나서 다시 걷기 시작했다. 그걸 생각하면 앉아서 쉬는 시간조차도 아까웠다.

훨훨 날아도 모자라는 판국에 걷는 것조차 제대로 못해서 걸음 연습이라니 속에서 천불이 치밀었다.

그렇지만 실을 바늘허리에 묶어서는 바느질을 할 수가 없는 노릇이다. 마음은 무엇보다 급하지만 이건 서둔다고 해결될 일이 아니다.

화용군이 늦은 오후까지도 땀을 뻘뻘 흘리면서 정원을 빙글빙글 돌면서 걷고 있을 때 적단호가 왔다. 오늘은 평소보다 조금 늦었다.

"내 물건은 어디에 있소?"

화용군은 적단호에게 다짜고짜 물었다.

"자네 방에 있네."

방에서 야차도와 검, 그리고 혈명단 북경지단에서 갖고 나온 세 권의 책자를 보지 못한 화용군이 미간을 찌푸리자 적단호가 다시 말했다.

"입거(立柜:장롱) 안에 있네."

화용군은 야차도 등을 찾느라 실내를 대충 둘러봤을 뿐 입거 안까지는 열어보지 않았었다.

화용군은 다시 걷기 시작했고 적단호는 전각 앞의 돌계단 위에 앉아서 그를 지켜보았다.

화용군은 그가 보든 말든 개의치 않고 정원을 돌면서 걷기 연습에 몰두했다.

정원 한 바퀴는 십오 장 남짓이지만 몸이 성치 않은 화용군으로서는 무공을 모르는 사람이 태산을 오르는 것만큼이나 힘겨웠다.

적단호는 일각쯤 물끄러미 그를 지켜보다가 불쑥 말문을 열었다.

"자넨 원래 그렇게 말이 없나? 아니면 말을 하는 게 싫은 건가?"

"둘 다요."

적단호는 지난 이십여 일 동안 하루도 빠지지 않고 화용군에게 왔었다. 그가 불편하지 않도록 돌보라는 명령 때문이다. 그렇지만 거의 대부분 적단호 혼자만 떠들다가 돌아가곤 했었다.

화용군이 말을 하는 경우는 방금처럼 뭔가 궁금할 때 묻는 것이 전부고 그마저도 없으면 한마디도 하지 않은 날이 허다했었다.

아니 할 말로 동명고수들이 그의 목숨을 구해주었으며 천보가 그를 치료해서 살려냈다면 억만금을 갖다 주지는 못할지언정 빈말이라도 고맙다는 공치사쯤은 입에 달고 살아야 하는 게 아닌가 싶다.

그런데 화용군은 공치사는커녕 외려 빚 받으러 온 빚쟁이가 돈을 못 받아서 기분이 나쁜 것처럼 무뚝뚝한 얼굴로 일관하고 있다.

동료들 사이에서도 사람 좋기로 소문난 적단호지만 그도 이젠 화용군에게 슬슬 짜증이 나려고 한다.

"자넨 고맙다는 말도 할 줄 모르나?"

화용군은 뚝 걸음을 멈추고 땀을 뻘뻘 흘리면서 무심한 얼굴로 적단호를 쳐다보았다.

그러고는 다시 걷기 시작하며 얼굴을 찌푸린 채 귀찮다는 듯 툭 내뱉었다.

"고맙소."

"집어치우게."

적단호는 벌떡 일어서면서 노골적으로 불쾌한 표정을 지으며 손을 저었다.

이러면 안 되는 줄 알면서도 화용군을 보고 있으면 저절로 짜증이 났다.

화용군은 걸음을 멈추고 우두커니 서서 그를 응시했다.

"동명왕부가 나를 구해주고 천보가 치료를 해준 것에 대해서 고마워하고 있소."

말은 그렇게 하면서도 목소리는 물기 한 움큼 없이 건조하기 짝이 없다. 그래서 목소리만으로는 조금도 고마워하지 않는 것 같았다.

그는 이번에 생사지경을 지나고 나서 성격이 더욱 꽉꽉해진 것 같다.

"동명왕부에선 내가 어떤 식으로 은혜에 보답하기를 바라고 있소?"

"우린 아무것도 바라지 않네."

적단호는 더욱 불쾌해져서 중얼거렸다.

끼이…….

그때 저만치 문이 열리더니 산뜻한 청삼을 입은 인물이 안으로 들어서며 화용군에게 말했다.

"우리가 베푼 것을 은혜라고 생각하지 말게."

적단호는 청삼인에게 포권을 하며 허리를 깊이 숙였다.

"대주를 뵈옵니다."

화용군은 청삼인, 즉 우호위대주(右護衛隊主)를 보면서 미간을 좁혔다.

"당신 목소리는 어디선가 들은 것 같소."

청삼인은 천천히 걸어와서 화용군 앞에 멈추고는 고개를 끄떡였다.

"한 달 전 그때 내가 혼절하기 직전의 자네에게 말을 걸었었네. 물론 대답을 듣지는 못했었지."

비몽사몽간에 우호위대주의 목소리를 들었던 것 같았다.

"그런데 은혜라고 생각하지 말라니, 그건 무슨 뜻이오?"

청삼인이 우호위대주라고 하지만 화용군은 적단호를 대하는 것이나 우호위대주를 대하는 것이나 똑같았다.

슥—

우호위대주는 정원의 석탁 앞 돌 의자에 앉으면서 맞은편을 턱으로 가리켰다.

"육 년 전 항주에서 일어난 애새아비아탈취사건에 대해서 우리도 잘 알고 있네."

화용군은 우호위대주 맞은편에 우두커니 서 있다가 잠시 후에 그를 마주 보고 돌 의자에 앉았다.

"우리 왕부는 그 사건에 터럭만큼도 개입되지 않았으나 남천문은 그 사건을 역모사건으로 비화시켜서 무고한 수많은 사람을 처형시켰네."

화용군은 그 당시의 처참했던 기억이 떠올라 지그시 어금니를 악물었다.

"남천왕의 말처럼 그게 정말로 역모사건이었으며 동명왕 전하께서 연루되셨다면 이곳도 무사하지 못했을 걸세. 하지만 이곳은 아무 일도 없었네. 그러니까 애새아비아탈취사건은 단지 찻잔 속의 태풍이었을 뿐이지."

항주라는 찻잔 속에서 남천문이 일으킨 소용돌이 태풍이었다는 뜻이다. 찻잔 속의 태풍은 세상 어디에도 피해를 미치지 못한다.

그때 쟁반을 든 하녀가 와서 석탁에 세 개의 찻잔을 가지런히 놓고 차를 따르느라 말이 잠시 중단됐다.

"들게."

우호위대주는 적단호도 앉게 하여 화용군과 적단호에게 차를 권하고 자신이 먼저 차를 한 모금 마셨다.

"나는 공손태(公孫泰)라고 하네. 동명왕부에서 우호위대주라는 지위를 맡고 있으며 다들 우대주라고 부르네."

그는 정식으로 자기소개를 하고 나서 말을 이었다.

"남천왕의 목적은 애새아비아탈취사건이라는 것을 만들어서 동명왕 전하를 거세(去勢)하려는 것이었네."

화용군으로서는 들은 적은 있지만 자세한 내용에 대해서는 모르고 있었던 비화가 나왔다. 그는 찻잔에는 손도 대지 않고 우대주 공손태를 주시했다.

"물론 남천왕의 목적은 황위라네. 그래서 눈엣가시 같은 동명왕 전하를 제거하려는 음모를 꾸민 거였지."

그렇지만 남천왕의 음모는 보기 좋게 실패했다. 그는 애새아비아탈취사건이라는 것을 만들어내서 어떻게 해서든 동명왕을 연관시키려고 갖은 노력을 다했었다.

그래서 그 사건의 최대 피해자인 청룡전주 한형록과 그의 측근이며 화용군의 부친인 화우현 등에게 동명왕이 배후 주동자라는 거짓 실토를 받아내려고 애썼으나 끝내 실패하고 말았다.

한형록과 화우현 등이 거짓 실토를 하지 않고 끝까지 버티다가 죽었기 때문이다.

남천왕으로서는 갖은 방법을 다 동원했으나 더 이상 어떻게 해볼 수 없게 되었다.

또한 사건이 너무 커져서 미대난도(尾大難掉) 상황이 돼버리자 황궁에서도 그것에 대해서 좋지 않은 말이 나오게 되었고, 남천왕은 어쩔 수 없이 서둘러 애새아비아탈취사건을 종료시켰다.

즉, 평소에 수하처럼 부리던 절강성 절도사(節度使)에게 시켜서 애새아비아탈취사건을 관(官)으로 이첩(移牒)하여 남천문과 관이 합동으로 청룡전주와 네 명의 단주, 그 다섯 가문과 애새아비아탈취사건에 조금이라도 연루된 수하 삼십이 명의 가문, 그렇게 도합 삼십칠 개 가문의 구족 천칠백 명을 처형, 가문을 멸문시켜서 사건을 종결시킨 것이다.

남천문이 제아무리 절강성 제일문파라고 해도 관의 협조 없이 그렇게 많은 가문과 사람들을 마음대로 처형할 수는 없는 일이다.

"동명왕 전하는 애새아비아탈취사건에 터럭만큼도 연루되지 않으셨지만, 남천왕의 음모로 인해서 그토록 많은 사람이 죽었다는 사실 때문에 늘 가슴 아파하셨네."

공손태는 대기하고 있는 하녀가 자신의 찻잔에 차를 따르는 것을 물끄러미 응시하다가 말을 이었다.

　"특히 그 사건의 주동자라고 모함된 한형록과 화우현 등 삼십칠 명이 끝까지 동명왕 전하가 주동자라는 거짓 실토를 하지 않고 기개를 지키다가 처형을 당한 사실에 크게 감명을 받으셨네."

　그때 만약 한형록이나 화우현 등 우두머리 중에서 고문을 이기지 못하고 꺾여서 동명왕이 배후주동자라고 거짓 실토를 한 자가 있었다면 동명왕도 결코 무사하지 못했을 것이다.

　"그러니 우리가 우연히 자네를 구한 것에 대해서 부담을 갖지 말게. 우리로서는 이렇게라도 마음의 빚을 조금 갚은 걸세. 그리고 동명왕 전하께서는 애새아비아탈취사건의 피해자들에게 늘 미안한 심정이라는 것을 알아두게."

　화용군은 공손태의 말뜻을 충분히 알아들었다. 그렇지만 그의 판단으로는 동명왕은 애새아비아탈취사건에 대해서 터럭만큼도 잘못이 없다.

　그것은 수천 리 멀리 떨어진 곳에서 대홍수가 나서 많은 사람이 죽었다는 말을 듣고 그것을 가슴 아파하는 것이나 비슷한 일이다.

　대홍수가 난 것은 동명왕의 잘못이 아니다. 사악한 자들이 제아무리 동명왕 때문에 대홍수가 난 것이라고 떠벌리고 다녀도 세상 사람들은 대홍수가 하늘의 조화라는 사실을 잘 알고 있다.

지금 동명왕은 대홍수 때문에 부모형제와 일가친척을 깡그리 잃은 화용군의 처지를 가엾게 여기는 것이다. 그러고는 마음의 빚을 조금 덜었다고 말한다.

그것은 동명왕이 선인(善人)이기 때문이지 잘못했기 때문이 아니다.

그래서 화용군은 동명왕부 사람들에게 구명지은(求命之恩)을 입은 것이나 천보의 치료 덕분에 소생한 것을 여전히 막중한 은혜라고 생각한다.

하지만 그것을 굳이 입 밖에 내서 왈가왈부하고 싶은 마음은 없다.

마음속에 품고 있다가 언젠가 동명왕이 도움이 필요할 때 그래서 화용군에게 그럴 능력이 된다면 발 벗고 나서서 도우면 될 터이다.

"알겠소."

화용군은 가볍게 고개를 끄떡였다.

다시 한 달이 지났다.

퍽퍽퍽!

"빌어먹을! 우라질!"

오후 무렵에 화용군은 별채의 정원 구석에 무릎을 꿇고 앉아서 주먹으로 땅을 내려치면서 나직하게 욕설을 내뱉고 있는 중이다.

그의 앞에는 검과 야차도가 흙이 묻은 채 나뒹굴어 있다. 그런데 그는 자신의 모습이 흙투성이인 줄도 모르는 듯 울분에 차서 계속 땅바닥을 두드렸다.

퍽퍽퍽퍽!

"이 꼴로 무슨 복수를 한다고, 나가 뒈져라."

그는 오만상을 쓰고 저주하듯이 중얼거리며 땅을 때렸다. 두 주먹이 깨지고 찢어졌지만 개의치 않았다. 그의 마음은 더 찢어지고 있기 때문이다.

현재 그의 상처는 구 할 정도 완치가 되어 보름 전부터는 정원 한쪽 구석에서 무술연마를 해오고 있다.

태극혜검 칠 초식과 야차도술, 야차도환은 예전하고 다름없이 능숙하게 전개되었다.

하지만 일단 자신의 무술이 턱없이 부족하다고 한 번 각성하기 시작한 그의 눈에는 지금의 실력이 한없이 허약하게만 여겨졌다.

이런 실력으로 백학무숙에 쳐들어갔다가는 백학선우 얼굴도 보기 전에 개죽음을 당할 것이 뻔했다.

깨달음이란 그런 것이다. 깨닫지 못했을 때에는 훌륭했던 것이 깨달은 후에는 보잘 것 없는 것이 되는 법이다.

말하자면 정저지와(井底之蛙), 우물 안 개구리가 우물 밖의
세상을 보고 나서 우물 안이 얼마나 좁았는지를 깨닫게 되었
다는 것이다.

"왜 그러죠?"

그런데 그때 그의 뒤에서 나직한 여자의 목소리가 들렸다.

땅바닥에 주먹질을 하던 화용군의 두 손이 뚝 멈췄다.

그는 목소리의 주인이 천보라는 사실을 깨닫고 내심 흠칫
놀랐다.

그 순간 오만 가지 생각이 그의 머릿속에서 반짝이다가 스
러졌다.

하지만 급작스러운 상황에서는 언제나 이성보다 감정이
주도권을 갖는 법이다.

다시 천보를 보게 되면 자신의 무례를 정중하게 사과하고
목숨을 구해준 것에 대해서 진심으로 감사를 표해야겠다고
누누이 마음속으로 생각했었던 그다.

하지만 보이고 싶지 않은 못난 모습을 들켰다는 생각 때문
에 그런 것은 기억조차 나지 않았다.

오히려 그는 벌떡 일어나 뒤돌아보면서 잡아먹을 듯이 천
보를 쏘아보았다.

"뭐요?"

순간적으로 백발이 섞인 헝클어진 그의 머리카락이 곤두섰으며 두 눈에서 푸르스름한 안광이 폭사되었다가 씻은 듯이 사라졌다.

"아……."

평소에는 탐스러운 머리카락을 구름처럼 틀어 올렸던 천보가 오늘은 머리카락을 허리까지 길게 늘어뜨린 모습인데 화용군의 모습을 보고는 겁먹은 표정으로 화들짝 놀라며 한 걸음 뒤로 물러섰다.

스웅— 쐐액!

천보 뒤에 서 있던 호랑은 화용군의 모습을 보고는 순간적으로 위기를 느끼고 반사적으로 검을 뽑아 곧장 그의 목을 베어갔다.

"안 돼!"

뚝—

천보가 급히 외치는 것과 호랑의 검이 화용군의 목에 붙은 듯 딱 멈추는 것이 동시에 이루어졌다.

"……."

화용군은 적잖이 경직되어 호랑을 쳐다보았다. 그가 놀란 것은 자신의 목이 잘릴 뻔해서가 아니라 호랑의 발검이 지독하게 빨랐기 때문이다.

그는 지금껏 이토록 빠른 검을 본 적이 없다. 그 자신의 발

검에 비하면 서너 배는 빠른 것 같다.

그러니까 만약 그가 호랑과 일대일로 싸운다면 그는 검을 뽑지도 못하고 목이 잘릴 것이 분명하다.

이것 하나만 봐도 그는 호랑의 발뒤꿈치에도 미치지 못한다. 그런데도 그녀는 자신의 실력을 자랑하지 않고 늘 천보의 그림자가 되어 침묵 속에 있다.

반면에 그녀의 발뒤꿈치에도 미치지 못하는 화용군은 천하가 좁다면서 독불장군처럼 날뛰고 다녔었다. 부끄럽기 짝이 없다.

아니, 그걸 넘어서 수치스럽다. 쥐구멍이라도 있으면 대가리를 쑤셔 박고 싶다.

하지만 그는 그 감정을 감추려고 하지 않고 두 눈과 얼굴에 가득 떠올려 호랑을 쏘아보면서 으르렁거렸다.

"죽여라."

"너 같은 놈은 죽일 가치도 없다."

짝!

호랑은 검의 평평한 쪽으로 화용군의 뺨을 한 차례 때리고는 검을 거두었다.

너 같은 놈은 죽일 가치도 없다면서 검날로 뺨을 때리다니, 지독한 모욕이다.

"흐으으… 죽일 년!"

화용군은 두 눈에서 시퍼런 불길을 뿜어내면서 호랑을 쏘아보며 이를 갈았다.

"어디 죽여봐라."

호랑은 검을 검실에 꽂으면서 마치 벌레를 대하는 듯한 표정으로 비웃었다.

"너 같은 허접쓰레기는 검을 쓰지 않고서도 맨주먹으로 죽일 수 있다."

척! 키잇!

뻐걱!

"큭!"

화용군은 벼락같이 땅에 떨어져 있는 검을 잡자마자 태극혜검의 칠 초식 무극태극변검을 전개하여 곧장 호랑을 베어갔으나 그보다 먼저 그녀가 내지른 주먹에 이마를 적중당하고 말았다.

쿠다닥!

"으윽……"

그는 상체가 벌렁 젖혀져서 삼 장이나 날아갔다가 돌담에 부딪쳐 튕겨져 땅바닥에 널브러졌다.

"으으……"

얼굴을 땅에 묻은 채 엎어진 그는 두 손으로 땅을 짚고 일어나려고 안간힘을 썼다.

그러나 머릿속이 텅 빈 것 같고 세상이 빙글빙글 돌아서 도무지 정신을 차릴 수가 없다.

　그를 치료해 준 두 여자, 그의 똥오줌을 받아내고 또 항문과 음경을 닦아준 여자와 그의 모든 것을 속속들이 보고 만진 두 여자 앞에서 자신이 너무도 무기력하게 무너져서 허우적거리고 있다는 사실이 온몸의 피를 다 토해낼 만큼 역겨웠다.

　그리고 이대로 눈을 감고 영원히 깨어나지 않았으면 좋겠다는 생각을 했다. 그의 치욕은 그 정도였다.

제27장

역천맥(逆天脈)

하지만 화용군은 다시 정신을 차렸다.

그는 지난 두어 달 동안 지냈던 자신의 방 침상에 누운 채 깨어났다.

그리고 눈을 뜨자마자 천하에 비길 데 없이 아름다운 한 소녀가 걱정스러운 표정으로 자신을 말끄러미 굽어보고 있는 모습을 발견했다.

"으으……."

그러나 깨어나자마자 머리가 온통 부서질 듯이 아파서 부지중 신음을 흘렸다.

그제야 그는 자신이 호랑의 주먹에 이마를 맞고 혼절했던 기억이 되살아나서 육체의 아픔보다는 정신적인 수치심이 더욱 커졌다.

"많이 아파요?"

슥—

지상의 것이 아닌 천상의 아름다움을 소유한 소녀 천보가 염려스러운 듯 그에게 손을 뻗었다. 그렇지만 화용군에겐 짓밟힌 자에게 아량을 베푸는 넉넉한 자의 손길 같아서 울화가 치밀었다.

탁—

"꺼져라."

"앗!"

머리로 뻗으려는 그녀의 손을 거칠게 쳐버리자 그녀는 빙글 한 바퀴 돌면서 침상 가장자리에 얼굴을 부딪치고는 바닥에 쓰러졌다.

털썩!

화용군은 그녀의 손을 쳐버리고 천장만 뚫어지게 쏘아보며 씨근거리고 있는데 바닥에 쓰러진 그녀에게서 아무런 기척이 나지 않아 조금 께름칙해졌다.

잠시 후에 그는 상체를 일으켜서 바닥을 굽어보다가 얼굴을 찌푸렸다.

"이런……"

천보가 엎어진 자세로 뺨을 바닥에 대고 있는데 코에서 피를 흘리며 혼절해 있는 것이다.

그는 다급히 일어나 그녀 옆에 무릎을 꿇고 조심스럽게 어깨를 흔들었다.

"천보."

그러나 그녀는 창백한 얼굴로 눈을 꼭 감고 있을 뿐 꿈쩍도 하지 않았다.

그는 재빨리 실내를 둘러봤으나 늘 그림자처럼 붙어 있는 호랑의 모습이 보이지 않았다.

어째서 호랑이 천보 곁에 없는 것인지 모르겠지만 만약 호랑이 있었다면 그는 이미 죽은 목숨이다.

슥—

두 팔로 그녀를 안아 들었다. 뼈가 없는 듯 나긋했으며 무게가 전혀 느껴지지 않았다. 그리고 무엇인지 알 수 없는 그윽한 향기가 온몸으로 끼쳐 왔다.

한 팔로는 등을 안고 다른 팔로는 둔부 아래쪽을 안았는데 문득 품에 꼭 안고 싶은 충동이 느껴졌다.

이윽고 천보를 침상에 눕히고 그는 침상가에 의자를 갖다 놓고 앉아서 이불 밖으로 그녀의 한쪽 팔을 꺼내 손목을 잡고 부드러운 진기를 주입시켜 주었다.

"휴우……."

그는 일각 이상 진기를 주입하다가 잠시 쉬려고 손을 놓으며 한숨을 토했다.

힘들어서 나오는 한숨이 아니라 도대체 어떻게 하다가 일을 이 지경에 이르기까지 만들어놓았는지 자신이 한심해서 나오는 한숨이다.

어딜 어떻게 다쳤는지 천보는 일각이 지나도록 깨어나지 못하고 있다.

은혜를 원수로 갚는다더니 화용군이 바로 그런 배은망덕한 짓을 저질렀다. 한 번이 아니라 벌써 두 번째, 아니, 세 번째인지도 모른다.

도대체 어째서 마음먹은 대로 행동이 나오지 않고 제 스스로도 전혀 예상하지 않았던 언행이 튀어나가는 것인지 모를 일이다.

그의 심중에는 그로서는 제어할 수 없는 또 다른 그가 존재하고 있는 것 같았다.

'나라는 놈은 대체 얼마나 속이 꼬여 버린 건가?'

자책을 하면서 천보의 얼굴을 보다가 그녀의 코에서 흐른 피가 입술 위로 흘러내려 턱을 적시며 한 줄기 혈선(血線)을 그은 것이 눈에 띄었다.

핏기 하나 없이, 그리고 티 한 점 없이 눈처럼 흰 얼굴에 새빨간 핏물 한 줄기는 그녀가 마치 죽을병에 걸린 것 같은 착각을 일으키게 했다.

슥―

그는 이끌리듯이 손을 뻗어 피를 닦아주었다. 소매가 아니라 그냥 손으로 닦아냈다.

그의 손에 그녀의 코와 입술, 턱, 뺨이 닿았다. 투박하고 거친 손에 닿은 그녀의 살결은 물을 만지는 것 같다. 아기의 살결을 만져본 적은 없지만, 아마도 아기의 그것이 그녀의 살결과 비슷한 감촉일 터이다.

그런데 아직 피를 깨끗이 닦아내지도 않았는데 그녀가 사르르 눈을 떴다.

어쩌면 자신의 얼굴에 투박한 손이 닿는 거친 감촉 때문에 깼을 것이다.

무척이나 긴 속눈썹이 파르르 가늘게 떨리다가 커다란 눈이 떠지는 모습이 마치 캄캄한 어둠을 몰아내고 동녘에서 터오는 일출 같은 느낌이다.

화용군의 손이 뚝 멈추고 두 사람의 시선이 서로의 눈을 응시했다.

천보의 눈이 깜빡거렸다. 말은 하지 않는데 무언(無言)의 의미가 전달되는 것 같은 기분이다.

그 순간 화용군은 사람이든 사물이든 보석이든 그 무엇이든 천지간에 존재하는 피조물 중에서 이토록 아름답고 영롱한 것이 또 있을까 하는 생각이 불쑥 들었다.

사람이 아름다운 물체를 대하면 반응을 하게 마련이지만 그는 아무런 반응을 하지 않았다. 다만 아름답다고 느끼고 있을 뿐이다.

'밥통 같은……'

그러고는 곧 스스로를 꾸짖었다. 지금의 상황하고는 어울리지 않는 쓸데없는 생각이다.

그는 아름다움을 느낄 만큼 여유롭지 않아야 한다. 누나를 죽이고 복수도 하지 못하는 놈이 무슨 아름다움이라는 말인가. 하여튼 그는 늘 이런 식으로 주제를 모른다.

슥—

그는 마저 손을 움직여서 묵묵히 피를 닦고는 그 손을 소매에 슥슥 문질러 닦았다.

천보는 까만 눈동자를 사르르 굴려서 그의 소매에 묻은 피를 보고는 어떻게 된 일인지 깨달았다.

"당신이 소녀를 침상에 눕혔군요. 고마워요."

그녀는 봄바람처럼 싱그러운 목소리로 사근거리듯이 속삭이고는 몸을 일으켜 앉았다.

"정말……"

화용군은 또다시 속에서 불끈 치밀어 오르려는 것을 주먹을 움켜쥐면서 꾹 참았다.

바로 이런 것이 그의 속을 뒤집어놓는 것이다. 그녀는 조금 전에 화용군 때문에 침상에 부딪쳐서 바닥에 쓰러졌는데 오히려 그에게 고맙다고 말한다.

그는 지금까지 살아오면서 그런 것을 이중성격 혹은 가식이라고 배웠었다.

그는 천보에게서 그런 것을 여러 차례 느꼈었다 방금 전에도 그랬다. 하지만 문득 언젠가 적단호가 그에게 했던 말이 떠올랐다.

"천하에서 천보를 싫어하는 사람은 아무도 없네. 내가 아는 한 그분은 극선(極善) 그 자체이시니까 천하에 적이 없네. 아무리 남천왕이라고 해도 천보의 방문은 무조건 쌍수를 들어 환영한다네. 천보는 사람을 이롭게 할지언정 해치지 않기 때문일세."

그때 그는 적단호의 말을 귓등으로 흘려들었다. 그에게는 별로 중요한 얘기가 아니기 때문이다.

그러나 이제 생각해 보니까 적단호의 말은 곱씹어서 다시 음미해 볼 가치가 있는 것 같았다.

적단호의 말을 한마디로 축약한다면 '천보는 극선' 이라는 것이다.

그녀가 '극선'이라는 전제하에 그녀의 언행을 돌이켜 보면 모든 게 이해가 된다.

사륵…….

화용군은 그녀가 침상에서 조심스럽게 내려오는 것을 물끄러미 쳐다보기만 했다.

그가 보기에 그녀는 무공을 전혀 모르는 것이 분명하다. 아니, 무공을 모르는 것은 물론이거니와 오히려 몸이 허약한 것 같았다. 침상에서 내려오는 것조차도 힘겨워하고 있기 때문이다.

의선이라는 칭호로 불린다는 그녀가 정작 본인은 허약하다니 슬픈 모순(矛盾)이다.

"고맙소. 그리고 미안했소."

화용군이 갑자기 침상가에 서 있는 천보에게 고개를 숙이면서 불쑥 말했다.

"네?"

화용군은 벼르던 말을 용기를 내서 말한 것인데 천보는 깜짝 놀라서 눈을 동그랗게 떴다.

강퍅하기만 한 그가 그런 말을 할 것이라고는 전혀 예상하지 않았기 때문이다.

"뭐가… 말인가요?"

"치료해 줘서 고맙고 전에 무례하게 굴어서 미안했소. 그리고 조금 전에도 미안했소."

"아……."

천보는 고개를 끄떡이면서 새삼스러운 시선으로 화용군을 바라보았다.

화용군은 그렇게 말을 하고 나니까 묵은 빚을 갚은 것 같아서 속이 후련했다.

하지만 그게 전부라고 생각하진 않았다. 방금 한 것은 그저 말 뿐이다.

앞으로 기회가 닿으면 은혜를 갚는 것, 즉 보은(報恩)을 해야지만 빚을 청산할 수가 있다. 최소한 그의 계산법으로는 그렇다.

"아까 왜 그랬어요?"

화용군은 벌써 잊어버린 일인데 천보는 그게 마음에 걸렸었나 보다.

"그따위 것은……."

"못써요. 별것도 아닌 걸 갖고 발끈하면."

"……."

그의 미간이 좁혀지는 것을 보고 천보가 희고 가느다란 손가락 하나를 세워서 좌우로 흔들면서 말했다. 그렇지만 타이르거나 꾸짖는 표정이나 말투가 아니고 위로하는 듯 자상한

목소리였다. 손가락을 가로젓는 행동은 엄격하면서도 귀여
워보였다.

"미안하오."

그는 멋쩍게 중얼거렸다. 사실 한 번 지적을 당했다고 해서
곧바로 꼬리를 내리고 사과를 하는 것은 전혀 그답지 않은 행
동이다.

그렇지만 방금 전의 행동은 분명히 잘못됐다. 원래 그는 발
끈하는 성격이 아니지만 천보 앞에서는 그게 통제가 되지 않
는다.

그녀에 대한 감사함의 잘못된 표현인 듯하다. 또한 천지간
의 모든 것에는 천적(天敵)이 존재한다는데 아무래도 그의 천
적은 천보인 것 같다.

지금부터 그는 천보에게만은 무조건 감정을 억눌러야 한
다고 생각했다.

"아까는 뭐가 그렇게 속상했나요?"

천보가 다시 한 번 그를 말끄러미 응시하면서 물었다. 그녀
에겐 분명히 짚고 넘어가는 성격이 있는 듯하다. 아까 그가
정원 땅바닥을 두 주먹으로 두들기면서 욕설을 퍼부은 것 때
문에 그러는 것이다.

"별것 아니오."

천보는 더 묻지 않고 맑은 눈으로 말끄러미 그를 바라보기

만 했다.

아무 의도 없이 단순하게 바라보는 것인데도 화용군은 못된 짓을 한 장난꾸러기가 엄마 앞에서 실토하는 것처럼 고백할 수밖에 없었다.

"내가 너무 형편없기 때문이오."

"무엇이 말인가요?"

화용군은 무공이 형편없다는 뜻으로 말했는데 천보의 말을 들으니까 자신이 무공뿐만 아니라 여러 면으로 형편없는 것 같다는 생각이 들었다.

천보는 자신의 실언을 즉시 깨달았다. 자신의 말을 화용군이 어떻게 받아들였는지 알아차렸기 때문이다. 그녀는 곧 미안한 표정을 지었다.

"그런 뜻이 아니었는데 미안해요."

"괜찮소."

화용군은 자신이 그것 때문에 불쾌했다는 것을 들키지 않으려고 표정을 일부러 밝게 했다.

"내 무공이 형편없다는 것 때문에 그랬소."

천보의 얼굴에 문득 잔잔한 안쓰러움이 스치는 것을 화용군은 발견했다.

그리고 그것이 그의 무공이 형편없는 것 때문에 안쓰러운 것이 아니라 한낱 무공 따위에 연연하는 소인배를 성인군자의 견해에서 안쓰러워하는 듯한 느낌이어서 마음이 편하지 않았다.

현재의 화용군에겐 무공의 강함과 약함이 인생을 살아가는 척도(尺度)다.

무림에서 특히 복수의 길에서는 약육강식(弱肉强食)이 더욱 엄격하게 적용된다는 사실을 알기 때문이다.

그렇다고 해서 천보는 그에게 사람이 살아가는 데 무공만이 전부가 아니라는 식의 시시콜콜한 설교 같은 것을 하지는 않았다.

설교를 해서 들을 사람이 아니라는 것을 알기 때문이다. 그녀는 설교를 즐기는 편이 아니지만 하게 돼도 사람을 봐가면서 한다.

천보는 두 걸음 앞의 화용군을 말끄러미 응시하는데 뭔가 말을 할까 말까 망설이는 것 같은 표정이다.

"할 말이 있소?"

아마도 천보는 자신이 하려고 하는 말이 이 사람에게 이로울 것인지 해로울 것인지를 가늠하는 것 같았다. 적단호는 그녀가 뭇사람을 이롭게 할지언정 해롭게 하지는 않는다고 단언했었다.

"당신은 특별한 신체를 지니고 있어요."

결국 그녀는 말을 해주기로 결정했다.

"신체?"

그녀의 두 눈이 스스로 발광(發光)하듯 반짝였다. 보고 있으면 빨려들 것 같은 착각이 든다.

"당신의 신체가 특별하다는 사실을 알고 있었나요?"

"몰랐소."

"그럼 당신의 신체에 대해서 알고 있는 사람이 있나요?"

화용군은 고개를 끄떡였다.

"내가 무공을 배우기 전에 사부님께서 내 온몸을 샅샅이 만져 보셨소."

"사부님께서 뭐라고 말씀하셨나요?"

화용군은 씁쓸한 미소를 지었다.

"아무 말씀도 하지 않으셨소."

"혹시 말씀을 못하시나요?"

천보의 예리한 지적, 아니, 총명함에 화용군은 가볍게 표정이 변했다.

"어떻게 알았소?"

"당신의 특별한 신체를 만져 보고서도 아무 말을 하지 않는 사람은 아마도 말을 하지 못하는 사람뿐일 거예요."

그것을 달리 말하면 그의 신체가 그 정도로 매우 특별하다는 뜻이다.

"어떻게 특별하오?"

지금껏 육 년 동안 무술을 익히면서 자신에게서 특별한 점이라곤 추호도 발견하지 못했었다.

사형제들보다 진전이 빨랐던 것은 자신이 그만큼 더 노력을 했기 때문이라고 생각했었다. 그래서 그녀가 그저 말로나마 위로하는 것이려니 여겼다.

"사람의 몸에는 혈맥과 혈도라는 것이 있어요."

기본적인 혈도법에 대해서는 화용군도 구주무관에서의 육 년 동안 배웠다.

하나 그는 문득 천보가 '의선'이라는 칭호로 불린다는 사실을 상기했다.

그러니까 그녀의 말은 허투루 들을 게 아니다. 한마디 한마디가 뼈가 되고 살이 될 터이다.

"의술에서 중요한 것은 신체의 혈도와 혈류(血流)이고, 무공에서는 혈맥을 중시하죠. 왜냐하면 운공조식을 하여 진기가 혈맥을 주천(周天)하는 과정에 공력이 만들어지기 때문이에요."

화용군은 그런 구체적인 얘기는 처음 듣는 터라서 진지한 표정으로 경청했다.

"누워볼래요?"

천보가 섬섬옥수를 뻗어 침상을 가리키자 그는 주저함 없이 침상에 몸을 눕혔다.

그녀에게 발가벗은 채 치료를 받던 것을 생각하면 침상에 눕는 것쯤은 일도 아니다.

그는 침상에 반듯한 자세로 누웠고 천보는 침상가에 서서 그를 굽어보며 설명을 이었다.

"사람마다 혈맥의 형태가 조금씩 다르고 혈도의 위치도 각기 다르지만 대체적으로 대동소이한 편이에요. 그런데 의술에서는 평범하지 않은 혈맥을 절맥(絕脈), 폐맥(閉脈), 난맥(亂脈) 세 가지로 분류하고 있으며, 무학에서는 약맥(弱脈), 광맥(廣脈), 신맥(神脈), 천맥(天脈), 역맥(逆脈) 다섯 종류로 구분해요."

원래 배우는 것을 좋아하는 화용군은 숨소리도 크게 내지 않으면서 들었다.

"약맥은 혈맥이 지나치게 약해서 운공조식을 하여 강제적으로 혈류를 흐르게 하면 곧잘 터지기 때문에 무공을 배우는 데 적합하지 않고, 광맥은 혈맥이 크고 넓어서 아무리 운공조식을 해도 진기가 제대로 만들어지지 않아서 무공을 익힐 수 없는 체질이에요."

그녀의 설명을 듣고 있노라니 그는 자신이 약맥이나 광맥은 아닐 것이라는 생각이 들었다.

"의술에서 거의 고칠 수 없는 혈맥이 절맥인데 그걸 고치게 되면 바로 신맥이 돼요. 천맥은 말 그대로 하늘이 내린 혈맥으로 부모로부터 물려받는 선천적인 것이며 무공을 익히면

대성(大成)하죠. 역맥은……."

화용군은 그녀가 설명을 잇지 않고 역맥에서 말을 끊는 것을 보고는 어쩌면 자신의 혈맥이 역맥일지도 모른다는 생각이 들었다.

"역맥은 온몸 혈맥의 피가 거꾸로 흐르는 혈맥이에요. 예를 들어서 임맥(任脈)의 경우에 혈류가 임맥의 시작인 아랫입술 바로 아래의 승장혈(承漿穴)에서 임맥의 마지막인 사타구니의 회음혈(會陰穴)로 흘러서 독맥(督脈)의 시작인 꼬리뼈 장강혈(長强穴)로 이어져야 하는데 그 반대의 경로로 흐른다는 거죠."

그녀는 한꺼번에 많은 말을 해서 호흡이 가쁜지 잠시 숨을 고른 후에 말을 이었다.

"역맥은 약맥이나 광맥보다도 훨씬 나쁜 혈맥이에요. 운공조식을 하면 진기를 축적하는 것이 아니라 오히려 쇠진(衰盡)시키기 때문이에요."

그는 천보가 자신을 똑바로 굽어볼 때 자신의 신체가 역맥이라고 확신했다.

"당신은 역맥이에요."

그것을 그녀가 확인해주었다.

"그게 어떻게 공력을 쇠진시키는 것이오?"

"운공조식을 어떻게 했나요?"

그녀는 대답하지 않고 질문했다.

"보통 사람들이 하는 대로 했소."

슥—

"잠시만요."

그녀는 그의 손목의 맥을 짚고 가만히 눈을 감았다.

그는 손목을 내맡긴 채 아무 뜻 없이 물끄러미 그녀를 응시했다.

그녀의 속눈썹이 붓으로 그린 것처럼 검고 짙으며 무척이나 길다.

또한 작고 예쁘장한 귀 아래로 보송보송한 솜털이 구레나룻처럼 가뭇가뭇한 것이 무척이나 사랑스럽다.

그 아래 희고 가늘며 긴 목은 왠지 슬픈 내력을 감추고 있는 듯했다.

그가 빤히 주시하고 있지만 그걸 모르는 듯 그녀의 표정은 자못 진지했다.

"틀림없어요. 소녀가 잘못 진맥한 게 아니에요."

"뭐가 말이오?"

그는 자신이 역맥이라는 말을 이미 들었다. 이제는 그것이 어떤 것인지에 대해서 더욱 자세히 듣고 싶다. 그래야지만 그 혈맥이 무술을 익히는 데 어떤 악영향을 끼치는 것인지를 알 수 있을 테고, 그다음에는 천보가 어떻게 해결해야 하는지 방법을 말할 것이기 때문이다.

"당신은 역맥에 천맥이 겹쳤어요. 말하자면 역천맥(逆天脈)이에요."

그런데 그녀의 입에서 흘러나온 말은 그가 기대하던 말이 아니었다.

더구나 '역천맥'이라니, 그것은 그녀가 분류한 다섯 종류의 혈맥에 들어 있지 않았다.

"당신은 역맥이면서 동시에 천맥이에요. 소녀는 수만 명을 진맥해 봤지만 이런 혈맥을 처음 봐요."

그녀는 고개를 살랑살랑 흔들었다.

"그래서 이름을 어떻게 붙여야 하는지 모르겠지만 그냥 역천맥이라고 부르겠어요."

쿡…….

"여기."

그녀가 갑자기 중지를 뻗더니 그의 명치 바로 아래 거궐혈(巨闕穴)을 가볍게 눌렀다.

"으앗!"

"아!"

순간 화용군은 불에 달군 창으로 그 부위를 깊숙이 찔린 것 같은 충격과 아픔에 자신도 모르게 비명을 질렀다. 얼마나 아픈지 상체를 벌떡 일으키면서 반사적으로 그녀를 향해 주먹을 뻗다가 정신을 번쩍 차렸다.

그녀는 손가락을 거두었지만 물러서거나 피하려고 들지는 않고 커다란 눈을 더욱 크게 뜨고 그를 말끄러미 바라보기만 했다.

"미안해요. 많이 아팠나요? 아플 것이라고 짐작은 했었지만 그 정도일 줄은 몰랐어요."

"으음… 왜 아픈 것이오?"

그는 방금 그 일을 도저히 이해할 수가 없다. 칼로 찌른 것도 아니고 손가락으로 가볍게 누른 것뿐인데 숨이 끊어지는 줄 알았다.

평소에 그 부위가 결리는 것처럼 뜨끔거리기는 했었지만 이렇게 아프지는 않았었다.

그 부위가 아프면 그저 체하거나 무술 연마를 과하게 해서 그런가 보다고 생각했을 뿐이다.

"잘못된 부위, 즉 이 혈도에 공력이 축적되어 있기 때문이에요. 공력이 있어야 할 자리가 아니죠."

화용군은 움찔 놀라서 손으로 거궐혈을 쓰다듬었다.

"여기에… 공력이 축적되었다는 말이오?"

"거기뿐만이 아니에요."

놀라움이 계속됐다.

"그럼 다른 곳에 또 공력이 축적되었다는 말이오?"

"네."

"어디요?"

"여기……."

슥—

천보는 그의 목젖 다섯 치 아래 천돌혈(天突穴)로 손가락을 가져갔지만 누르지는 않았다.

"눌러보시오."

"또 아플 거예요."

그녀는 머뭇거렸다.

"괜찮으니까 눌러보시오."

슥—

그녀는 조심스러운 표정으로 그 부위에 손가락 끝만 대고 힘을 주는 듯 말 듯했다.

"음……."

그런데도 그는 송곳으로 찌르는 듯한 통증을 느끼며 묵직한 신음을 흘렸다.

이후 그녀는 그의 온몸 다섯 군데를 돌아가면서 손가락으로 지적하고 가볍게 눌렀다.

물론 누를 때마다 그는 숨이 멎는 것처럼 고통스러웠다. 잘못된 부위에 공력이 축적돼서 그렇다는데 그다지 이해가 되지 않는 말이다.

"일어나도 돼요."

천보는 손을 거두고 물러나 창 쪽의 탁자로 걸어가서 의자에 앉았다.

"당신은 현재 공력이 어느 정도 수준인가요?"

"삼십 년으로 알고 있소."

"단전 기해혈에 소진격벽(小眞隔璧)이 세 개 있나요?"

"그렇소."

무공을 익히지 않은 사람은 당연히 단전이 텅 비어 있으며 무공, 그중에서도 심법을 운공조식하게 되면 차츰 단전에 공력이 쌓인다.

그렇게 해서 하나의 방(房), 즉 소진격벽이 하나 만들어지면 십 년 공력이, 두 개가 되면 이십 년 공력이라고 한다.

화용군은 세 개니까 삼십 년 공력이다. 이런 사실은 무림인이라면 다 알고 있다.

소진격벽이 여섯 개가 되면 자연적으로 합쳐져서 하나의 방을 형성하며 그것을 중강격벽(中江隔璧)이라고 한다. 강물처럼 도도해졌다는 뜻이다.

공력이 이 정도에 이르면 육십 년, 즉 일 갑자(甲子)로써 구파일방의 장문인 급이다.

중강격벽이 두 개면 이 갑자 백이십 년 공력이고, 세 개면 삼 갑자 백팔십 년인데 무림에는 그 정도 경지에 오른 인물이

한 명도 없는 것으로 알려져 있다. 존재한다면 필경 무림제일 인일 것이다.

하여튼 중강격벽이 세 개가 되면 대해격벽(大海隔壁)이라 하고 백팔십 년 공력이다. 그 이상에 대해서는 아직 정해진 바가 없다. 그런 경지에 이른 인물이 무림사상 한 명도 없었 기 때문이다.

화용군은 그녀의 맞은편에 앉았다. 의선 칭호의 그녀가 그 에게 역천맥이라고 하니까 도저히 그냥 흘려들을 수가 없는 일이다.

그런데 의자에 앉으려고 하는 그에게 그녀는 청천벽력 같 은 말을 했다.

"거기에 하나의 소진격벽이 있어요."

"……"

그녀가 가리킨 곳은 화용군의 명치 바로 아래 그녀가 처음 눌렀던 거궐혈이라서 그는 어이없는 표정을 지었다. 거궐혈 에 소진격벽, 즉 십 년 공력이 들어 있다니 꿈에서조차 상상 해 본 적이 없는 일이다.

그렇지만 의선인 그녀가 허언을 말할 리가 없다. 필시 그렇 게 말한 이유가 있을 것이다.

"무슨 뜻이오?"

"천맥의 특징은 빠르고 월등하다는 거예요."

"빠르고 월등하다……."

"무공과 무술을 연마하면 그 성취가 빠를 뿐만 아니라 결과도 월등해요."

화용군은 고개를 끄떡였다.

"그렇소. 나는 다른 사람들보다 성취가 빨랐고 또 결과도 그들보다 뛰어났었소. 그렇지만 월등하다고 말할 수는 없고 그저 조금 빠르고 결과가 좋았을 뿐이오."

천보는 고개를 살래살래 가로저었다.

"그 정도를 갖고는 성취가 빠르고 결과가 뛰어났다고 할 수 없어요."

화용군은 그녀가 조금 전에 자신의 거궐혈에도 하나의 소진격벽이 있다고 한 말을 되새겨 봤으나 그것만으로는 이해가 되지 않았다.

천보는 하고자 하는 말을 머릿속에서 정리하지 않고 그냥 말을 하는데도 말의 앞뒤가 언제나 반듯했다. 보통 해박한 사람들이 그러하다.

"당신은 단전 기해혈은 물론이고 거궐혈, 천돌혈 말고도 두 군데 혈도, 즉 독맥의 명문혈(命門穴)과 풍부혈(風府穴)에도 소진격벽이 하나씩 있어요."

"허어……."

그녀가 지목한 혈도들은 평소에 그가 뜨끔거리거나 결리

는 등 불편함을 느끼는 부위들이다. 등 한복판 명문혈은 손이 닿지 않아서 더욱 불편했으며, 목 뒤 풍부혈은 베개를 잘못 베고 누워도 찌릿찌릿했었다.

"그러니까 당신의 공력은 삼십 년이 아니라 그것까지 합하면 도합 칠십 년인 셈이에요."

"어떻게 그럴 수가 있소?"

그는 표정의 변화 없이 나를 이해시켜 보라는 듯이 그녀를 똑바로 주시했다.

"당신은 몇 년 동안 심법을 연마했죠?"

"육 년이오."

"불과 육 년 만에 삼십 년이면 보통 사람들보다 거의 두 배 정도 빠른 성취에요."

화용군은 고개를 끄떡였다.

"주위에서도 그렇게 말했소."

"그런데 칠십 년 공력이라면 다섯 배 가까이 빠르다고 할 수 있어요. 그게 바로 천맥이에요."

천보는 한 차례 호오 하고 숨을 내쉰 후에 말을 이었다.

"당신의 신체가 단지 천맥뿐이었다면 단전에 칠십 년 공력이 고스란히 축적됐을 거예요."

"역맥 때문에 그렇게 된 것이오?"

"그런 것 같아요. 역맥이 단전에 축적되는 공력을 쪼개서 다른 네 곳의 혈도로 분산시켰을 거예요."

화용군은 미간을 좁혔다. 이제 매우 중요한 것을 물어봐야 한다.

"단전 외의 네 군데 혈도에 축적된 공력을 사용할 수는 없는 것이오?"

천보는 생각하는 표정으로 대답했다.

"우선 역맥이 무엇인지를 이해할 필요가 있어요."

화용군은 그녀의 말하는 방식에 익숙해지기 위해서 잠자코 있기로 마음먹었다.

"역맥의 신체인 사람이 평생 무공을 배우지 않는다면 아무런 문제도 없어요. 그렇지만 무공을 익히면, 정확히 말해서 운공조식을 하게 되면 문제가 발생해요."

평소에는 피가 거꾸로 흐르든 똑바로 흐르든 살아가는 데에는 상관이 없다.

하지만 운공조식을 하게 되면 심법이 정하고 있는 혈도로 강제적으로 혈류를 흐르게 하기 때문에 이때 혈맥에 부하(負荷)가 생긴다. 즉, 잠재되어 있는 역맥이 눈을 떠서 제동을 거는 것이다.

그중에서 가장 큰 부작용 중에 하나가 운공조식으로 조성되는 공력이 단전에 모이지 못하도록 방해를 하여 분산시키는 일이다.

화용군으로서는 단전 외 네 군데에 분산된 공력을 모두 사용할 수만 있으면 더할 나위 없이 좋다.

그렇게만 된다면 무공이 약하다고 의기소침하고 있을 이유도 없이 지금 당장에라도 백학선우를 죽이러 갈 수 있을 것이다.

"천맥과 역맥이 한 몸에 있다니……."

천보는 이해할 수 없다는 듯 아미를 곱게 찌푸리며 고개를 살래살래 가로저었다.

"천맥은 선천적으로 타고나지만 역맥은 후천적일 가능성이 높아요. 원래 역맥도 선천적이지만 함께 지니고 태어날 수 없거든요. 혹시 당신은 지금까지 살아오면서 어떤 특별한 경험을 한 적은 없었나요?"

"어떤 경험을 말하는 거요?"

"소녀도 모르겠어요."

그녀로서도 이런 경우는 처음 접하는 것이므로 콕 찍어서 말할 수가 없다.

화용군은 얼굴을 찌푸린 채 중얼거렸다.

"내 삶 전체가 특별하다고 말할 수 있기도 하고 달리 보면 무미건조했다고도 할 수 있소."

그로서는 딱히 기억나는 특별한 경험이 없다.

"소녀의 질문이 어리석었어요. 소녀도 잘 모르는 것을 물었으니까요. 어쨌든."

화용군은 입술을 여러 차례 달싹거리는 그녀를 보면서 그녀가 매우 어려운 말을 망설이고 있음을 깨달았다.

"무슨 말이든 개의치 말고 하시오."

"아… 됐어요."

슥―

그녀는 손을 저으며 일어나 문으로 향했다. 가려는 것인데 그녀가 대화를 하는 도중에 이렇게 갑자기 갈 줄 예상하지 못했던 화용군은 뭔가 께름칙했다.

턱!

"말해보시오."

"아……."

그가 급히 뒤쫓아 가서 완강하게 팔을 잡자 그녀는 깜짝 놀라 뒤돌아보았다.

제28장

동명왕부(東明王府)

천보가 망설이다가 끝내 말하지 못한 것은 화용군을 벌거 벗겨서 온몸을 골고루 만져 봐야 한다는 사실이었다.

망망대해 한복판에 빠져서 허우적거리고 있는 상황에서 배 한 척이 나타났으니 무조건 타고 봐야 하는 화용군으로서 는 찬밥 더운밥 가릴 처지가 아니다.

강해질 수만 있다면 벌거벗는 게 문제가 아니라 그보다 더 한 것도 해야만 한다.

천보는 역맥과 천맥을 한 몸에 지니고 있는 화용군의 몸을 자세히 살펴봐야지만 그에게 도움이 될 수 있는 말을 한마디라도 해줄 수 있는 입장이다.

그녀가 요구하는 대로 화용군은 실오라기 한 올 걸치지 않은 나신으로 침상에 반듯하게 누웠다.

극도의 중상을 입고 이십여 일 혼절해 있는 동안, 그리고 깨어나서도 사흘 동안 그는 벌거벗은 상태로 똥오줌 받아내면서 천보와 호랑의 치료를 받았으니 이건 새삼스러운 일이 아니다.

천보는 그 새삼스러울 것 없는 나신 앞에 서서 벌써 오랫동안 심호흡을 하고 있다.

이제부터 그녀는 그의 온몸을 구석구석 두 손으로 더듬고 어루만지면서 역맥과 천맥이 서로 어떻게 어우러져 있는지, 그리고 두 혈맥의 상관관계를 알아낼 것이다. 그래야지만 해결책을 찾을 수가 있다.

"긴장 풀고 치료… 한다고 생각하세요."

전혀 긴장하고 있지 않은 화용군은 그 말이 천보가 스스로에게 하는 말이라고 생각했다.

그녀와 호랑은 그를 벌거벗겨 놓고 치료를 하면서 숱하게 보고 만졌을 텐데 지금 그녀는 이걸 치료라고 생각하지 않는 모양이다.

"이러면 어떻겠소?"

"네?"

"내 혼혈(昏穴)을 제압하시오."

차라리 재워놓고 마음 편하게 살펴보라는 뜻인데 뜻밖에도 그녀는 조금 놀라는 표정을 지었다.

"몰랐나 보군요?"

"뭘 말이오."

"역맥이나 천맥을 지닌 사람은 타인이 혈도를 제압할 수가 없어요."

"……."

화용군으로서는 처음 알게 되는 사실이다. 그러고 보니까 그는 지금껏 한 번도 타인에게 혈도를 제압당했던 적이 없었던 것 같다.

천보는 정말이지 더 이상 세심할 수 없을 정도로 화용군의 머리끝에서 발끝까지 땀구멍을 세듯이 샅샅이 살피고 더듬으며 쓰다듬었다.

평범한 사람들은 몇 개의 생(生)을 산다고 해도 지니기 어려운 천맥과 역맥을 화용군은 한 몸에 둘 다 지니고 있으니까 며칠 밤낮을 새워서 살펴봐도 부족할 터이다.

그녀의 손길과 시선이 미치지 않은 곳이 없다. 심지어 음경과 귀두(龜頭), 음낭(陰囊)마저 조사했다.

그리고 딱 한 군데를 남겨놓은 시점에 그녀는 허리를 펴고 약간 얼굴을 붉혔다.

"어… 떻게 할까요?"

"뭘 말이오?"

"회음혈을 살펴야 하는데……."

항문과 음경 사이 은밀한 부위의 회음혈도 봐야, 아니, 보고 만져 봐야 한다는 것이다.

슥—

"보시오."

이미 마음을 깨끗하게 비운 화용군은 다리를 넓게 벌렸다. 하지만 그는 곧 그렇게 해서는 보는 것이나 만지는 것 둘 다 하기 어려울 것이라는 생각이 들었다.

명령자의 입장으로 돌아간 천보가 냉정한 목소리로 말했다.

"무릎을 꿇고 고양이 자세를 취하세요."

그가 어정쩡하게 엎드리자 그녀는 손가락으로 둔부를 가볍게 찔렀다.

"둔부를 더 세우고 다리를 벌리세요."

보이고 만져진 자나 보고 만진 여자나 피차간에 입을 다문 채 잠시 어색한 침묵이 흐르도록 내버려 두었다.

"무슨 심법을 익혔나요?"

빠른 시간에 다시 의선의 위치를 회복한 천보는 살펴보는 것이 끝났다는 신호로 화용군의 몸에서 시선을 거두어 그의 얼굴을 바라보며 물었다.

"음… 무당파의 '청령진기공' 이오."

그의 목소리가 갈라지는 이유는 오랫동안 입을 다물고 있었기 때문만은 아니다.

어쩔 수 없는 자연적이고 본능적인 현상 탓이다. 예전에 치료를 받는 동안에는 일체 그런 일이 없었는데, 어이없게도 조금 전에 그녀가 온몸을 살피고 더듬는 반 시진 내내 그의 남성이 몹시 성난 상태로 꺼떡거리면서 그녀의 일거수일투족을 감시하고 있었던 것이다.

그렇다고 역천맥에 대해서 알아내려고 절치부심 심혈을 기울이고 있는 그녀더러 그만하라고 역정을 낼 수도 없는 일이라서 민망함을 억누른 채 발기를 가라앉히려고 무진 애를 썼었다.

하지만 그게 오히려 화근이었다. 그것에 대해서 생각을 하면 할수록 그놈은 더 성을 냈다.

또한 그녀 입장에서는 혈기왕성한 젊은 사내의 자연스러운 반응을 탓할 수도 없었다.

의선이니까 그 정도는 잘 알고 있다. 그 부위만 천으로 덮어두는 것은 더 이상한 짓거리고, 살펴보는 것을 그만두는 것은 더욱 곤란한 상황이었다.

어쨌든 우여곡절 끝에 진찰을 끝낸 두 사람은 태산을 지고 있다가 내려놓은 기분이다.

지금도 여타 다른 남자들 것과는 비교도 되지 않을 만큼 거대한 그의 남성은 꼿꼿하게 허리를 편 채 수그러들 줄을 모르고 있다.

"그렇다면 소녀가 지금부터 당신에게 꼭 맞는 심법을 만들어보겠어요."

천보는 그의 남성을 보지 않으려고 애쓰면서 말했다.

"무… 슨 말이오?"

원래 과묵하고 얼굴의 표정 변화가 없는 화용군은 오늘 너무 많은 말을 하고 있을 뿐만 아니라 자주 놀라고 또 심각해지고 있다.

"당신에게 꼭 맞는 심법을 만들겠다고요."

화용군은 말뜻을 모르는 것이 아니라 어떻게 그럴 수가 있느냐고 묻는 것이다.

"청령진기공을 아오?"

"몰라요. 하지만 서고(書庫)에 찾아보면 있을 거예요. 그것을 살펴보고 당신의 혈맥, 혈도에 맞게 재편성을 하려는 생각이에요"

천보는 문으로 향하면서 말했다.

"소녀가 새 심법구결을 만들어 올 때까지 운공조식은 하지 않는 게 좋겠어요."

술시(밤 8시경) 무렵에 적단호가 화용군을 찾아왔다. 그는 하루도 빠지지 않고 매일 화용군을 찾아왔었지만 밤에 온 것은 처음이다.

화용군은 침상에 누워서 팔베개를 하고 멀뚱거리면서 천장을 응시하고 있다가 일어났다.

천보가 운공조식을 하지 말라고 하니까 괜히 검법이나 야차도를 수련하는 것도 하기 싫어졌다.

그녀가 과연 어떤 심법을 만들어 올지 기대 반 우려 반의 심정으로 거기에 대해서 생각하고 있는 중이다.

"자네 이제 다 나았는가?"

"그렇소."

적단호는 옷을 입은 채 누워 있다가 침상에서 내려오는 화용군에게 다가오며 물었다.

"그렇다면 지금 즉시 여길 떠나게."

화용군은 불길한 예감이 들었다.

"무슨 일이 있소?"

적단호는 잠시 머뭇거리다가 어두운 얼굴로 대답했다.

"반 시진 전쯤에 남천문 놈들이 찾아왔네."

"남천문?"

"다짜고짜 자넬 내놓으라는 거야."

"음……."

화용군은 분노 반 동명왕부에 대한 걱정 반으로 신음이 절로 나왔다.

"내가 여기에 있는 것을 놈들이 알고 있는 것이오?"

적단호는 고개를 가로저었다.

"내가 말은 하지 않았지만 놈들은 자넬 찾으려고 온통 들쑤시고 다녔었네. 그러다가 끝내 찾을 수 없으니까 못 먹는 감 찔러나 본다는 심정으로 이곳에 와서 억지를 부리고 있는 게지."

화용군은 동명고수들이 남천고수들을 죽이고 자신을 구했던 일에 대해서 조금 걱정이 됐다.

"혹시 동명고수들이 날 구했다는 것을 놈들이 알고 있소?"

"모르네. 우린 평소에 외출할 때 동명왕부의 복장을 하지 않는다네."

적단호는 갑자기 사나운 표정으로 이를 갈았다.

"남천문 현무전주(玄武殿主)와 청룡전주(靑龍殿主)가 들이닥쳐서 감히 동명왕 전하 면전에서 자넬 내놓으라고 으르딱딱거리고 있다네."

화용군의 얼굴이 자신도 모르게 사납게 일그러졌다.

"그걸 보고만 있었소?"

"그럴 수밖에 없네. 이놈들이 아주 작정을 하고 고수 오백 명을 이끌고 왔네."

"오백……."

화용군은 적단호가 혀를 내두르는 걸 보고 주먹을 휘둘렀다.

"오백 명이 아니라 천 명이라고 해도 모조리 죽여 버리면 될 것 아니오. 여긴 동명왕부요. 안방이라는 말이오."

그가 아무리 총명하고 인내심이 강하다고 해도 이제 겨우 십팔 세의 소년이다.

자고로 사내 나이 십팔 세면 물불 가리지 않는 폭풍 같은 성격을 품고 있다.

적단호는 비분강개한 표정을 지으며 씨근거렸다.

"동명고수는 다 합쳐 봐야 이백 명이 채 되지 않네. 그 수로 오백여 명의 남천고수를 상대할 수는 없네. 괜히 잘못 건드렸다가는 놈들이 발호(跋扈)할 핑계거리만 만들어주게 될걸세."

동명왕부의 고수가 고작 이백 명이 채 되지 않는다니 전혀 예상하지 못했던 일이다.

"어째서 그것뿐이오? 왕쯤 되면 방대한 세력을 거느리고 있는 것 아니오?"

적단호는 착잡한 표정을 지었다.

"본디 그래야 하는데 동명왕 전하께서 갖고 계신 것은 이곳 동명왕부가 전부일세."

화용군은 언뜻 이해가 되지 않았다. 황제의 형제들이나 황족에 대해서 별로 아는 것은 없지만, 왕이나 공주들에게는 드넓고 기름진 영지(領地)가 주어지고 막대한 재산을 지니고 있어서 적게는 수천 명에서 많게는 수만 명까지 군사, 즉 사병(私兵)들도 양성하는 것으로 알고 있었다.

그런데 어찌 된 일인지 동명왕은 무림의 일개 소문과 규모의 세력밖에 갖고 있지 않았다.

"자세한 얘기를 하자면 길어지겠지만……."

적단호의 표정이 더욱 착잡해졌다.

"문제는 돈이네. 동명왕 전하께서는 지나칠 정도로 가난하다네. 그게 이유야."

이유는 의외로 간단했지만 그것이 지니고 있는 의미는 매우 엄중했다.

화용군의 의문은 단번에 사라졌다. 일개 국가가 군사를 양성하려고 해도 돈이 들게 마련인데 하물며 왕이야 당연한 일이다.

황제의 동생이라면 동명왕도 당연히 영지를 하사받았을 테고, 아울러 재산도 상당할 터인데 사병(私兵)은커녕 왕부의 무사들조차도 거느리지 못할 형편이라면 더 이상 말할 필요가 없다.

그렇다면 화용군으로서도 도와줄 방도가 전혀 없다. 당장 그럴 만한 능력이라도 있어야 몰려든 오백여 명의 남천고수를 물리칠 수 있을 터이다.

또한 돈이 많아야 선뜻 금전적인 도움을 줄 수도 있을 터인데 그에겐 구주무관이 그동안 번 돈 은자 백만 냥이 전부이다.

상식적으로 계산을 해봐도 은자 백만 냥이면 동명왕부가 몇 달 정도, 아니면 한 달 남짓 버티는 게 고작일 것이다. 그러니 은자 백만 냥은 도움이라고 할 수 없다.

"갈 곳은 있나?"

적단호는 화용군에게 미운 정 고운 정이 들어서인지 그의 거취까지 염려해 주었다.

"가겠소."

화용군은 가볍게 고개를 끄떡이고 나서 검과 야차도를 몸에 착용하고 문으로 향했다.

천보가 그에게 맞는 심법을 만들어주겠다고 했으나 그다지 기대를 하지는 않는다.

심법이라는 것은 한 사람이 궁리를 해서 뚝딱 만들어내는 것이 아니라는 것쯤은 화용군도 잘 알고 있다.

그가 익힌 청령진기공만 해도 무당파의 다섯 개 심법이나 신공 중에 하나로써 수백 년 세월 동안 허점을 보완하고 장점을 살린 무당파의 자랑이다.

그런데 무공도 모르는 천보가 청령진기공을 어떻게 단시일 만에 역천맥에 적합한 심법으로 개조를 한다는 말인가. 기대는 빨리 버리는 게 좋다.

"내가 바래주겠네."

적단호가 문을 나서는 그를 따라나섰다가 앞장섰다.

"지하의 비밀통로로 나가야겠네. 필경 남천고수들이 왕부를 포위하고 있을 걸세."

적단호는 그렇게 말하고 나서 화용군을 뒤돌아보다가 움찔 몸을 떨었다.

"죽일 놈들······."

캄캄한 밤중에 화용군의 두 눈에서 푸르스름한 안광이 뿜어지는 모습은 흡사 야차처럼 섬뜩했다.

화용군은 북경에서 제남으로 뻗은 관도를 경공술로 달리고 있는 중이다.

천보의 정성을 다한 치료와 정양으로 몸도 거의 나았으니 동명왕부를 떠나는 것은 당연한 일이지만, 자신 때문에 동명왕이 하찮은 남천고수들에게 핍박을 당하고 있다는 사실이

도저히 견딜 수가 없었다.

본의 아니게 그는 동명왕에게 큰 은혜를 입었다. 남천고수들에게 죽음을 당하기 직전인 그를 동명고수들이 구해주었으며, 천보는 만신창이가 된 그에게 새 생명을 불어넣었으니 이보다 더 큰 은혜가 어디에 있으랴.

그런데도 그는 은혜는 갚지 못할망정 동명왕부에 피해를 입힌 채 그 자신은 도망치고 있는 중이다.

수치스럽고 치욕스러워서 바위에 머리를 들이받고 목숨이라도 끊고 싶은 심정이다.

"개새끼들……."

동명왕부를 떠나 여기까지 오면서 그는 수십 번도 더 똑같은 욕설을 내뱉고 있다.

"화용군!"

그런데 바로 그때 뒤쪽에서 그를 부르는 카랑카랑한 여자의 외침이 들렸다.

그는 움찔했으나 몸을 돌리기도 전에 목소리의 주인이 호랑이라는 것을 깨달았다. 그녀의 목소리는 칼끼리 부딪치는 것처럼 날카롭다.

과연 관도 저만치 어둠 속에서 하나의 검은 인영이 나타나더니 순식간에 이십여 장의 거리를 좁혀 오는 사람은 호랑이었다.

그는 혹시 동명왕부에 무슨 일이 벌어졌나 싶어서 불길함이 엄습했다.

"무슨 일이 있소?"

슥—

"이거나 받아라."

호랑은 대답은 하지 않고 품속에서 얇은 책자 하나를 꺼내서 불쑥 내밀었다.

"공주께서 네게 주시는 것이다."

그는 손을 내밀어 책자를 받으면서 가슴속으로 따스한 그 무엇이 흐르는 것을 느꼈다.

그는 이 책자에 적혀 있는 것이 천보가 말한 그에게 딱 맞는 심법일 것이라고 짐작했다.

동명왕부가 남천고수들에게 핍박을 당하고 있는 상황인데다가 그것을 몰고 온 화근인 화용군은 도망을 치고 있는 중인데, 그녀는 끝내 자신이 한 약속을 지켰다.

수하인 호랑을 보내서까지 그에게 책자를 전해주었다. 설마 그녀가 이렇게까지 할 줄은 추호도 예상하지 못했다.

화용군은 지금껏 살아오면서 이처럼 신의가 깊고 의로우며 정이 깊은 사람을 본 적이 없기에 심중의 울림 또한 예사롭지 않았다.

"남천고수들은 물러갔소?"

그는 무덤덤한 얼굴로 물었다. 무심함이 몸에 배서 무덤덤한 얼굴인 것이지 속마음은 그렇지 않았다.

화용군보다 몇 배 더 성질이 급하고 난폭한 호랑은 얼굴을 찌푸리며 대답했다.

"아직도 동명왕 전하를 괴롭히고 있다."

자정이 넘은 시각인데도 남천고수들이 물러가지 않고 동명왕을 채근하고 있다는 말에 그는 분노와 죄스러움을 동시에 느껴야만 했다.

호랑은 꼿꼿하게 선 자세로 그를 쏘는 듯이 주시했다. 그녀는 늘씬하면서도 키가 큰 편이지만 워낙 키가 크고 체격이 좋은 그에 비하면 머리 하나 반 정도가 작으며 몸은 왜소해 보였다.

그는 문득 자신이 호랑에게 못되게 굴었던 것에 대해서 미안한 마음이 들었다.

따지고 보면 그녀는 그를 여러모로 보살폈을지언정 해를 입히지는 않았었다.

심지어 매일 그의 똥오줌까지 받아내고 사타구니까지 씻어준 사람이다.

그가 그녀에게 얻어맞고 모욕을 당했던 것은 그 스스로 화를 자초했던 것이다.

그는 자신의 감정을 겉으로 드러내지 않는 성격이지만 호랑에게만은 그리고 이 순간만큼은 조금 표현하고 싶었다.

슥―

"그동안 고마웠소."

그는 한 걸음 다가서며 호랑 어깨에 왼손을 얹고 흐릿한 미소를 지었다.

호랑의 눈이 커지고 입이 약간 벌어졌다. 그가 이런 행동과 말을 할 줄은 미처 예상하지 못했기에 적잖이 당황하고 놀란 것이다.

퍽!

"크윽!"

"개수작 마라!"

순간 호랑은 무릎을 올려 차서 화용군의 명치를 그대로 찍어버렸다.

그런데 하필이면 보기 좋게 거궐혈에 적중했다. 천보가 손가락으로 살짝 짚기만 했어도 숨이 끊어질 듯이 고통스러웠던 부위를 정통으로 찍히는 바람에 그는 뒤로 벌렁 자빠져서 순간적으로 혼절해 버렸다.

싸늘하게 그를 쏘아보던 호랑의 안색이 변했다. 눈을 질끈 감은 채 안색이 하얘져서 쓰러져 있는 그의 모습이 아무래도 이상했다.

더구나 그녀가 알고 있는 화용군은 헛수작 같은 것을 부리지 않는다.

그러니까 방금 맞은 한 방에 뭔가 잘못된 것이 분명하다. 어쩌면 즉사했을지도 모른다.

"야, 화용군."

급히 다가가서 옆에 무릎을 꿇고 살펴보니 숨을 쉬지 않고 혈색이 창백했다.

재빨리 손목의 촌관척(寸關尺)을 짚으니 심맥이 불안정하고 매우 흐렸다.

관도에서 조금 떨어진 숲 속의 어느 나무 아래에 화용군이 누워 있다.

잠시 후 정신을 차린 그가 눈을 뜨기도 전에 제일 먼저 들은 것은 호랑의 중얼거림이다.

"좀 깨어나라, 이 바보 같은 놈아. 그 정도에 죽어버리면 사내도 아니잖아."

그리고 보니까 그녀가 그의 가슴을 두 손으로 꾹꾹 힘주어 눌러 압박을 하면서 진기를 주입하고 있었다.

그녀는 궐파(瘚巴:인공호흡)를 하고 있는 중이었다. 무림인들은 타격으로 인하여 숨을 쉬지 않는 사람을 살리기 위해서 궐파를 필수적으로 배운다.

척!

그때 그는 갑자기 그녀가 한손으로는 자신의 코를 잡고 다른 손으로는 턱을 잡아당겨서 입을 강제로 벌리는 것을 느끼고 흠칫 놀랐다.

궐파는 손으로 심장을 압박하기도 하지만 입을 벌려서 입을 포개어 공기를 불어넣어 주기도 한다는 사실을 뒤늦게 깨달은 것이다.

"후읍!"

그가 어떻게 해볼 새도 없이 입술이 포개지고 강하게 공기가 쏟아져 들어왔다.

호랑이 코로 숨을 잔뜩 들이쉬었다가 입으로 힘껏 불어넣어 주고 있다.

자력으로 숨을 쉴 수 없는 상태라면 모를까 화용군은 스스로 숨을 쉴 수 있는데 그녀가 강제로 많은 양의 공기를 주입하자 허파가 터질 것 같았다.

그는 급히 손을 뻗어 호랑을 밀어냈다.

확!

"아……."

호랑은 깜짝 놀라서 눈을 크게 뜨고는 시선이 자신의 가슴으로 향했다.

누워 있는 화용군이 팔을 쭉 뻗어 커다란 손으로 그녀의 풍만한 가슴을 움켜잡고 있는 게 보였다.

"이 자식이 감히!"

퍽퍽퍽!

"으윽!"

그녀는 주먹으로 연달아서 냅다 그의 얼굴을 갈겼다. 방금 전까지만 해도 그를 살려내려고 애쓰던 그녀가 또다시 그를 죽일 듯이 두들겨 패고 있다.

"아악! 이 새끼가!"

그러다가 그녀는 날카로운 비명을 지르는데 주먹질은 허공을 휘두르고 있다.

두들겨 맞던 화용군이 그녀의 젖가슴을 터질 듯이 힘껏 움켜잡고는 팔을 쭉 뻗었기 때문이다.

호랑이 아무리 두 주먹을 휘둘러도 그의 팔이 훨씬 길기 때문에 허공을 휘저을 수밖에 없다.

더구나 젖가슴을 너무 힘껏 움켜잡아서 떨어져 나갈 것처럼 지독하게 아팠다.

"아아……."

얼굴을 얻어맞은 화용군은 코와 입에서 피를 흘리면서 두 눈에서 시퍼런 안광을 뿜어냈다.

"함부로 때리지 마라."

"아아… 어서 놔……."

"대답해라. 함부로 때리지 마라."

"아… 알았다… 어서 놔……."

확!

"앗!"

화용군은 그녀를 힘껏 밀어내면서 벌떡 일어섰다.

호랑은 뒤로 비틀거리면서 물러났다가 오만상을 쓰면서 가슴을 문질렀다.

"으음……."

창!

그러더니 갑자기 어깨의 검을 뽑으면서 벼락같이 화용군에게 쏘아갔다.

화용군도 우뚝 버티고 서서 왼손으로는 검을 뽑고 오른손에는 야차도를 움켜잡았다.

"오냐! 덤벼라!"

그가 성난 맹수처럼 으르렁거리자 당장에라도 죽일 것처럼 덮쳐 들던 호랑이 멈칫했다.

그녀는 우뚝 서서 잡아먹을 듯이 화용군을 노려보다가 검을 어깨에 꽂았다.

휙—

그러고는 몸을 돌려 관도 쪽으로 걸어가기 시작했다.

화용군은 우뚝 서서 물끄러미 그녀를 응시하다가 마음이 풀어져서 검을 꽂고 야차도를 넣었다.

그의 코와 입에서 피가 줄줄 흘렀으나 닦을 생각은 하지 않고 호랑의 뒷모습을 주시했다.

호랑의 성격이 급하고 거칠어도 어쨌거나 화용군에게는 큰 도움을 준 사람이다.

방금 전에도 그녀가 검을 거두지 않았으면 두 사람은 머리가 터지도록 싸웠을 것이다.

그러면 결국 그녀의 상대가 되지 않는 화용군이 죽거나 크게 다치게 될 터이다.

그런 걸 보면 성질머리는 화용군보다 그녀가 더 나은 모양이다.

욱하는 성질은 둘 다 똑같지만, 그녀가 그에게 베푼 것이 더 많다.

"가슴… 미안하다."

뚝!

화용군이 젖가슴을 움켜잡았던 것에 대해서 사과를 하자 그녀의 걸음이 멈춰졌다.

그렇지 않아도 양쪽 젖가슴이 욱신거리고 있는데 그의 말을 들으니까 더 아픈 것 같아서 갑자기 속에서 불끈 화가 치밀었다.

그녀는 다시 걷기 시작하며 툭 내뱉었다.

"몸조리 잘해라."

화용군은 마음이 축축해져서 목소리를 누그러뜨렸다.

"고맙다."

호랑의 모습은 숲에 가려져서 보이지 않게 되었지만 그녀의 말은 들렸다.

"이제부터는 내가 똥오줌 받아주고 사타구니 닦아주지 못하니까 네가 알아서 잘해라."

"……."

화용군은 움찔했다가 그대로 호랑에게 쏘아가며 큰소리로 외쳤다.

휘익!

"호랑 너 죽고 싶으냐?"

그가 관도까지 달려 나오자 호랑은 북경 쪽 관도 저 멀리를 달려가면서 소리쳤다.

"누나 보고 싶어도 울지 마라! 똥싸개야!"

화용군은 멍하니 서서 사라지고 있는 호랑을 바라보았다.

호랑은 자기를 '누나' 라고 호칭한 것이지만 화용군에게는 죽은 '누나' 로 들렸다.

호랑은 사라졌지만 그는 오랫동안 그 자리에 우두커니 서 있어야만 했다.

제29장

———

주군

―역천심보(逆天心譜)

천보가 준 책자의 표지에는 그렇게 적혀 있었다.

화용군은 제남으로 가는 도중에 쉴 곳을 찾아 야산으로 들어와서 적당한 곳을 찾아 자리를 잡은 후에 제일 먼저 품속에서 책자부터 꺼냈다.

표지에 적힌 '역천심보'라는 글씨가 많이 번져서 제 글씨를 알아보기 어려울 정도다.

먹물이 채 마르기도 전에 천보에게서 책자를 받은 호랑이 품속에 쑤셔 넣었기 때문일 것이다. 그만큼 바쁘게 서둘렀다는 뜻이다.

제목 '역천심보'는 화용군이 역천맥이기 때문에 그리 지었을 것이다.

천보가 화용군의 벌거벗은 온몸을 살펴보고 어루만진 것이 초저녁이었고, 호랑이 그에게 역천심보를 건네준 것이 축시(丑時:새벽 2시경) 무렵이므로 이 책자를 만드는 데에는 잘해봐야 반나절 남짓 걸렸을 것이다.

그렇기도 하고 무학에는 문외한이라고 생각하는 천보가 작성한 것이라서 화용군은 책자의 내용에 대해서는 그다지 기대하지 않았다.

하지만 책자를 만들기 전이나 만드는 과정, 그리고 그것을 전해주는 수고로움 등을 생각했을 때 이런 한밤중이라도 펼쳐보지 않고는 견딜 수가 없었다.

팔락…….

책자의 첫 장을 펼치자 진한 묵향(墨香)이 훅! 하고 끼쳐 왔다. 그리고 그 끄트머리에 천보의 몸에서 나는 특유의 향기가 미미하게 풍겼다.

천하에 다시없을 명필이 거기에 있었다. 화용군은 이날까지 이토록 잘 쓴 글씨를 본 적이 없었다. 글씨에서도 천보의 절색 아름다움이 느껴지는 것 같았다.

깊은 밤이지만 달빛이 있는데다 공력이 있는 그의 눈에는 빼곡한 글씨가 잘 보였다.

그다지 기대하지 않는 기분으로 맨 첫 줄부터 읽기 시작한 그는 어느덧 점점 내용에 빠져들었다.

탁—

그는 한 시진에 걸쳐서 책자를 세 번이나 읽었다.

평소 그라면 스무 장 남짓 되는 책자를 읽는 데 채 반각도 걸리지 않는다.

그렇지만 역천심보는 그냥 대충 읽을 내용이 아니라서 세 번 연거푸 읽었다.

한 번 읽었을 때 다 외웠지만 이해가 덜 된 부분이 있어서 다시 한 번을 더 읽었다.

그리고 최종적으로 점검을 하기 위해서 마지막으로 한 번 더 읽어서 도합 세 번 읽었다.

'굉장하구나. 천보공주……'

책자의 내용을 완전히 이해한 그는 천보의 천재적인 능력에 혀를 내둘렀다.

그가 연마한 무당파의 청령진기공의 뼈대는 고스란히 살린 상태에서 수백 개의 가지와 살을 붙여서 완전히 새롭게 작성했다.

말하자면 운공조식을 해서 진기를 생성시키는 원리는 그
대로인데 방법을 모조리 바꿨으며 그것을 축적하는 방식도
새롭게 재창조를 했다.

　그러니까 운공조식을 아예 다 뜯어고쳤다고 해도 과언이
아니다. 더구나 모두 역순(歷巡)이다.

　운공조식은 혈맥을 따라 진기를 순환시키는 것인데 거꾸
로 진기를 역행시킨 것이다.

　'해보자.'

　책자를 읽기 전에는 내용에 대해서 긴가민가했었는데 읽
고 나서는 분명한 믿음이 생겼다.

　물론 이대로 운공조식을 해서 결과가 어떻게 나올지는 그
로서도 아직 알지 못한다.

　"아……."

　한 차례 운공조식을 하고 난 화용군의 입에서 자신도 모르
게 나직한 감탄이 흘러나왔다.

　예전에 청령진기공을 운공조식하고 나면 어딘가 모르게
미진한 구석이 있었는데 지금은 뭐라고 표현할 수 없을 정도
로 상쾌할 뿐만 아니라 심신이 한 조각의 뜬구름이라도 된 것
처럼 가벼웠다.

　그리고 운공조식을 하는 과정도 달랐다. 예전에는 뒷걸음

으로 걷는 것이었다면 지금은 앞을 보면서 똑바로 달리는 느낌이다.

뒤로 뒤뚱거리면서 걷는 것과 앞으로 순조롭게 달리는 것의 차이는 크다.

그렇지만 아직 결과는 모른다. 역천심법을 단지 한 차례 해보고서 결과를 바라는 것이 무리일 터이다.

가부좌로 앉아서 눈을 감고 단전에 어느 정도의 공력이 있는지 가늠해 보니까 여전히 소진격벽 세 개 삼십 년의 공력만 축적되어 있다.

슥—

손가락으로 명치 거궐혈을 가만히 눌러보니까 찌르르 하고 아픔이 느껴졌다.

이제 겨우 한 번 역천심법을 운공조식 했는데 첫술에 배가 부를 리가 없다.

그는 그 자리에서 다섯 차례 연속으로 운공조식을 더 하고 나니까 부옇게 동이 터오기 시작했다.

쉬이이—

가을이 무르익고 있는 풍경 속으로 화용군이 경공술을 전개하여 관도를 달리고 있다.

제남을 향해 달리면서도 그는 천보가 만들어준 역천심법

에 대한 생각이 머리에서 떠나지 않았다.

지금껏 도합 여섯 차례 운공조식을 했는데 몸도 마음도 정신까지도 확연하게 달라졌다.

느낌이 그런 것인지 경공술을 전개하여 달리는 속도도 한층 빨라진 것 같다.

아직은 거궐혈을 비롯한 네 군데 혈도에 축적되어 있는 하나씩의 소진격벽이 그대로 있는 것 같다.

하지만 그와는 별개로 기분이 아주 최상이다. 기분만으로는 그야말로 천하무적이 된 것 같다.

앞으로는 자고 먹는 시간 외에는 운공조식만 줄기차게 해야 할 것 같았다.

문득 그는 달리는 중에 역천심법의 첫 구결을 머릿속에 떠올려 보았다.

원래 청령진기공은 구결에 따라서 단전의 진기를 전신의 혈맥으로 보내야 하는데 역천심법은 그저 구결만 떠올리면 저절로 운공조식이 시작됐었다.

여섯 차례 운공조식을 하는 내내 그런 현상이 몹시도 신기했었다.

그렇지만 지금은 운공조식을 하려고 첫 구결을 떠올린 것이 아니라 도대체 첫 구결에 무엇이 있기에 그런 일이 벌어지는지 생각하려는 것뿐이다.

'어……'

그런데 어이없는 일이 벌어졌다. 느닷없이 운공조식이 시작된 것이다.

그는 운공조식을 하려던 것이 아니라 그저 무심코 첫 구결만 머릿속에 떠올렸을 뿐인데 저절로 운공조식이 시작돼버렸다.

그는 급히 신형을 멈추고 나서 운공조식을 중지하려다가 멈칫했다.

운공조식은 반드시 가부좌의 자세로 앉아서 하는 것이라는 고정관념이 배어 있다.

그만이 아니라 무학에 정진하는 사람들은 다 그렇게 생각하고 있을 것이다.

그런데 지금 그는 우두커니 서 있는 자세에서 운공조식이 진행되고 있는 중이다.

아니, 조금 전에는 경공술로 달리는 있는데 운공조식이 저절로 시작됐었다.

그래서 가부좌의 자세가 아니라도 운공조식이 가능한지 지금 그것을 시도해 보고 싶어졌다.

그는 관도 가장자리에 우뚝 선 채로 눈을 뜨고 역천심법 운공조식에 몰두했다.

그런데 가부좌가 아닌 자세인데도 운공조식이 됐다. 그렇게 그는 선 채 세 번의 운공조식을 연이어서 했다.

'그렇다면 이번에는 움직이면서 해보자.'

새로운 시도다. 만약 길을 걸으면서도 운공조식이 된다면 그건 그야말로 최상이다.

쉬이—

'기가 막히다.'

그는 경공술을 전개하여 달리면서 이미 열 번 이상 운공조식을 끝내고는 감탄을 금치 못했다.

처음에는 선 채로 운공조식이 되었고, 그다음에는 걸으면서, 그리고 마지막에는 경공술로 달리면서 시도했는데 그것마저도 성공했다.

그렇다면 마음만 먹으면 자는 시간을 제외하고 하루 종일 운공조식을 할 수도 있다는 얘기다.

이른 아침의 관도에는 사람이 한 명도 보이지 않아서 마음껏 경공술을 전개할 수 있었다.

그때 그는 관도 전방 구부러진 곳에서 세 명이 나타나는 것을 발견하고 속도를 늦추었다.

상대는 어깨에 도검을 멘 무림인이지만 남천고수는 아니며 경공술을 전개하여 달려오고 있었다.

화용군은 천천히 걸으면서 세 명의 무림인에게서 시선을

떼지 않았다.

세 명의 무림인 역시 화용군을 뚫어지게 주시하면서 점점 가까이 다가왔다.

그런데 관도는 폭이 넓은데도 세 명의 무림인은 화용군이 걸어가고 있는 정면에서 마주 달려오고 있다.

이런 상황이라는 것은 그들이 화용군에게 볼일이 있다는 뜻이다.

또한 이런 관도 상에서의 볼일이란 것은 필시 좋은 일이 아닐 터이다.

그런데도 그들은 그것을 감추려고 들지 않았다. 자신들의 수가 많음을 믿는 것일 게다.

화용군은 그들이 의도적으로 그런다는 것을 간파하고 언제라도 공격할 태세를 갖추었다.

그들은 눈빛이 날카롭고 모진 세파에 찌든 모습이지만 고강해 보이지는 않았다.

그런데 화용군 삼 장 앞에 이르러서는 스쳐 지나갈 것처럼 약간 방향을 옆으로 틀었다.

휘이—

그들은 정면을 주시한 채 화용군의 왼쪽 옆을 빠르게 스쳐 지나갔다.

하지만 그들의 얼굴에 긴장이 팽팽하게 떠올라 있는 것을 화용군은 놓치지 않았다.

차창—

패애액!

아니나 다를까 그들은 화용군을 스쳐 지나자마자 도검을 뽑는 것과 동시에 벼락같이 급습했다.

그렇지만 화용군은 만반의 태세를 갖추고 있었기에 추호도 당황하지 않고 빙글 몸을 돌리면서 왼손으로는 검을 뽑으며 태극혜검 연천섬광을 전개하고, 오른손의 야차도를 움켜잡고 야차도술을 맹렬히 전개했다.

키우웅! 쩨앵!

그들의 공격이 얼마나 느린지 화용군은 그들이 정지해 있는 것 같은 착각을 느꼈다. 그래서 그사이를 파고들며 검과 야차도를 휘둘렀다.

파파아— 퍽! 퍽!

"흐악!"

"크아악!"

"크액!"

왼손의 검으로는 한 명의 머리를 세로로 쪼갰으며, 오른손의 야차도로 두 명의 목을 정확하게 찔렀다.

"……"

화용군은 피를 뿌리면서 쓰러지고 있는 세 명을 보면서 적잖이 놀라는 표정을 지었다.

그는 방금 전의 공격에 전력을 다했지만 평소 그의 실력보다 훨씬 더 빠르고 위력적이었다.

그는 상대가 강하든 약하든 싸울 때 언제나 전력을 다하는 편이다. 그래서 전력발휘를 했을 때 위력이 어느 정도인지 잘 알고 있다.

그런데 방금 전 펼친 공격은 평소의 위력보다 이삼 할 정도 더 고강했다.

'공력이 높아졌다.'

반사적으로 그런 생각이 들었다. 그리고 그 이유가 역천심법을 운공조식한 결과일 것이라고 생각했다.

그는 호랑에게 역천심보를 받은 이후 지금까지 삼십 번 가까이 역천심법을 운공조식했었다.

거궐혈을 비롯한 네 군데 혈도에 하나씩 축적되어 있는 소진격벽을 단전으로 끌어내리려는 의도가 없는 것은 아니었지만, 더 큰 이유는 한 번 운공조식을 할 때마다 심신이 더욱 상쾌해지기 때문이었다.

그런데 방금 출수를 해보고 나서 공력이 높아졌다는 사실을 깨달았다.

처음 몇 번 정도는 운공조식을 하고 나서 공력이 높아졌는지 확인을 했었지만, 높아지지 않았다는 사실을 확인한 후로는 줄기차게 그냥 운공조식만 했었다.

운공조식을 하기만 하면 심신이 상쾌해지는데다 공력이 높아지니 이거야말로 도랑 치고 가재 잡는 격이다.

'이대로 꾸준히 운공을 하면 오래지 않아서 네 군데 혈도의 공력을 다 끌어모을 수 있겠다.'

그렇게만 되면 칠십 년 공력이 되고 어떤 싸움에서도 패하지 않게 될 터이다.

그때 그는 한 무리의 장사꾼으로 보이는 사람들이 저만치 북경 쪽에서 몰려오는 것을 발견했다.

관도 바깥은 풀이 무성한 초원인데 그는 바닥에 쓰러져 죽어 있는 세 명을 풀숲으로 집어 던지고 자신도 그곳으로 뛰어들었다.

화용군은 죽은 세 명의 무림인 품속을 일일이 뒤지다가 한 명의 품속에서 차곡차곡 잘 접혀 있는 전신(초상화) 한 장을 발견했다.

그런데 어이없게도 그 전신에 그려져 있는 얼굴은 화용군 자신이었다. 누가 보더라도 그 얼굴을 보면 화용군이라고 할 것이다.

일전에 개방 북경 총타 휘하 외성분타주인 능개는 남천문이 화용군의 전신을 작성하여 개방에 보냈었다는 얘길 한 적이 있었다.

그러면서 그 전신이 엉터리라서 그걸 보고는 화용군을 찾아낼 수 없을 것이라고 웃으며 말했었다.

그런데 지금 이 전신은 솜씨 좋은 화가가 화용군을 앞에 앉혀놓고 그린 것처럼 아주 닮았다.

그리고 화용군 얼굴 오른쪽에는 '현상(懸賞)'이라 써 있고, 왼쪽에는 '은 만냥(銀萬兩)', 그리고 맨 위에는 '남천문'이라고 적혀 있다.

즉, 이 전신의 사람을 잡거나 죽이는 사람에겐 은 만 냥을 상금으로 주겠다는 뜻이다.

그러니까 이 세 명의 무림인이 화용군을 급습한 이유는 현상금 은자 만 냥을 노린 것이다.

평범한 방파의 일개 하급무사 한 달 녹봉이 은자 닷 냥 정도 수준이다.

한 가족이 평생 먹을거리 걱정하지 않고 살려면 은자 천 냥 정도가 있어야 한다.

그러니 은자 만 냥이면 얼마나 큰 거액인지, 그리고 화용군을 잡거나 죽이기 위해서 얼마나 많은 상금 사냥꾼이 혈안이 돼서 돌아다니고 있을 것인지 미루어 짐작할 수 있을 터이다.

와작—

화용군은 전신을 손으로 구기면서 가볍게 인상을 썼다.

"제기랄……."

그는 두어 달 전에 북경에서 남경으로 가는 관도에서 남천고수들하고 목숨을 걸고 싸웠던 적이 있었다.

그때 죽어가는 그를 동명고수들이 구해주었다. 돌이켜보면 아무래도 그때 남천고수들이 그의 얼굴을 자세히 봐두었던 것 같다. 그래서 이 전신이 만들어진 것일 게다.

남천고수들만 해도 성가신 존재들인데 이제는 몇 명인지 헤아릴 수도 없을 만큼 많은 상금 사냥꾼까지 피해야만 하는 상황이 돼버렸다.

그가 항주에 가서 애새아비아탈취사건의 배후 주동자인 주고후와 마궁평 등을 죽임으로 해서 복수는 끝난 것이라고 생각했었는데 이제 보니까 그게 아니다.

그는 끝났지만 남천문으로써는 이제 시작, 아니, 시작도 하지 않은 것이다.

복수라는 것은 끝이 아니다. 새로운 시작일 뿐이다.

*　　　*　　　*

북경에서 제남까지는 팔백 리 길이라서 말을 타고 달리면 사흘쯤 걸리고, 경공술을 전개하면 닷새, 걸으면 보름 정도 소요된다.

그런데 화용군은 북경 동명왕부를 출발하여 열흘이 지나 서야 제남에 도착했다.

경공술을 전개했으나 관도로 오지 않고 산길 혹은 숲길로 왔기 때문이다.

길도 없는 험준한 산을 넘고 울창한 숲을 뚫으면서 전진했 으니 경공술을 제대로 전개할 수가 없어서 노력과 시간이 배 로 들었다.

또한 강이 나오면 포구에서 배로 건너지 못해서 조각배를 훔쳐서 타거나 아니면 어부의 배를 얻어서 탔으며, 호수가 가 로막으면 빙 돌아가야만 했었다.

남천문에서 그의 목에 은자 만 냥의 현상금을 걸어서 전신 을 뿌렸다면 사람들이 많이 모이는 강이나 호수의 포구에는 발을 들여놓을 수도 없다.

[방방.]

으스름 땅거미가 깔리는 초저녁 무렵. 개방 제남분타 휘하 의 삼결제자 방방은 터덜터덜 걸어가다가 자신을 부르는 전 음소리에 급히 뒤돌아보았다.

복잡한 행인들 틈에서 방방을 향해 똑바로 걸어오고 있는 사람은 매우 큰 키에 희끗희끗 백발이 섞인 긴 머리카락을 하 나로 묶었으며 까칠하게 수염과 구레나룻을 기른 건장한 사내다.

방방은 자신을 부른 목소리가 화용군의 것이 아니었으면 그의 모습을 알아보지 못했을 것이다.

그 정도로 그의 모습은 많이 변했다. 아마도 얼굴을 덮고 있는 수염 때문일 것이다.

"용……."

그는 반갑게 그를 부르려다가 급히 말끝을 흐리며 재빨리 주위를 둘러보았다.

그러다가 딴청을 부리는 체하면서 화용군에게 슬쩍 전음입밀을 보냈다.

[감시를 당하고 있으니까 아는 체하지 말고 멀찌감치 뒤에서 따라오게.]

그러고는 되돌아서 지금까지처럼 터덜거리면서 다시 걷기 시작했다.

화용군은 거리 가장자리의 점포에서 물건을 구경하는 체하다가 다섯 호흡쯤 지난 후에 다시 걷기 시작하여 방방을 따라갔다.

화용군은 방방을 감시하고 있다는 자들이 남천문의 수하일 것이라고 짐작했다.

그렇지만 방방을 멀찌감치 뒤따르면서 확인해 본 결과 그를 미행하고 있는 두 명은 뜻밖에도 백학무숙의 관제무사(館制武士)였다.

관제무사라는 것은 대명제관의 각 무도관에 적을 두고 있는 무사로서 사범하고는 달리 무도관의 질서나 치안 등을 담당하고 있다.

보통 그 무도관을 수료한 생도가 관제무사가 되는 경우가 흔하고 줄여서 관무사(館武士)라고 한다.

지금 방방을 미행하고 있는 두 명의 관무사는 백학무숙을 나타내는 백학의(白鶴衣)를 입지는 않았지만 어깨에 메고 있는 검의 검실에 백학이 그려져 있다. 그로 미루어 그들은 백학무숙의 관무사가 분명했다.

화용군 때문에 마음이 조급해진 방방은 자신을 미행하는 백학무숙의 관무사 두 명을 떨쳐 내려고 거리를 빙빙 돌았으나 뜻을 이루지 못했다.

그렇다고 해서 노골적으로 좁은 골목을 요리조리 휘젓고 다닌다든지 경공술을 전개할 수는 없다.

지금까지 그는 미행에 대해서 전혀 모르는 것처럼 행동을 했었는데 갑자기 이상한 행동을 하면 미행을 알고 있다는 것을 시인하는 뜻이 돼버린다.

방방이 개방 제남분타에 속해 있는 한 백학무숙은 한 번 보고 영원히 안 볼 사이도 아닌데 그렇게까지 해버리면 앞으로 살아가는 게 골치가 아파진다.

더구나 백학무숙은 개방 제남분타하고도 깊숙이, 그리고 복잡하게 이해관계가 얽혀 있어서 함부로 처신할 수가 없는 상황이다.

그렇다고 저만치 뒤에서 화용군이 뒤따라오고 있을 텐데 언제까지 이런 식으로 똑같은 거리만 뱅글뱅글 돌 수는 없는 노릇이다.

[일홍각으로 가라.]

그런데 그때 난데없이 방방의 바로 옆에서 화용군의 전음이 들렸다.

그리고 그가 지켜보고 있는 중에 화용군은 긴 다리를 성큼성큼 뻗어서 저만치 앞질러 가는가 싶더니 곧 어둠 속으로 사라졌다.

제남 성내에서 일홍각이 있는 황하유가에 가려면 관도를 몇 리(里)쯤 더 가야 한다.

제남 북서쪽에는 황하유가뿐만 아니라 포구도 있기 때문에 밤이라고 해도 관도에는 다니는 사람들이 어느 정도는 있는 편이다.

"저 거지 놈이 설마 황하유가에 가는 건 아니겠지?"

"왼쪽 길로 가는 걸 보니까 황하유가에 가는 게 맞아. 거지라고 해도 돈만 내면 받아주는 게 황하유가 아닌가?"

방방을 칠팔 장 거리에서 뒤쫓고 있는 백학무숙의 관무사두 명은 중얼거리면서 말을 나누었다.

"매일 이 시간이면 개방 제남분타에 돌아가거나 구주무관에 찾아가서 술이나 얻어마시던 놈이 난데없이 황하유가에가려 하다니……."

"젠장… 저 거지 자식이 황하유가에 가는 거라면 속이 뒤틀려서 그 꼴을 어찌 보누?"

둘이서 얼굴을 찌푸리며 투덜거리고 있는데 느닷없이 관도 가장자리 나무 뒤에서 하나의 검은 인영이 불쑥 튀어나와앞을 가로막았다.

슥―

하지만 두 명의 관무사는 상대가 누군지 확인하지도 못한상태에서 혼혈을 제압당했다.

파곽곽!

검은 인영, 즉 화용군은 혼혈이 제압된 두 명의 관무사를관도 옆 숲으로 집어 던지고 방방을 뒤쫓았다.

애꿎은 관무사까지 죽일 생각은 없다. 그들은 화용군하고원한으로 얽매인 관계도 아니다. 그저 위에서 시키니까 미행을 하는 것인데, 그런 자들까지 다 죽이면 그야말로 미친 살인마가 되고 말 것이다.

"저길… 들어가자는 건가?"

길 건너에서 일홍각을 바라보면서 방방은 잔뜩 어이없는
표정을 지었다.

철이 들기도 전에 개방에 들어온 그는 기루에는 한 번도 가
본 적이 없었다.

기루는 고사하고 주루에서 밥 한 번 제대로 먹어본 것도 손
가락으로 꼽을 지경이다.

그런데 황하유가에서도 다섯 손가락에 꼽힐 정도로 유명
한 일홍각에 들어가자니 허파가 뒤집힐 정도로 놀랐다.

"가자."

옆에 서 있던 화용군은 짧게 말하고 곧장 일홍각 입구를 향
해 걸어갔다.

"이봐… 용군… 야."

방방은 당황해서 급히 불렀으나 화용군은 뒤돌아보지도
않고 일홍각으로 들어가 버렸다.

방방하고는 달리 화용군은 무슨 일을 하더라도 거침새가
없는 성격이다. 그는 뭘 하겠다고 작정을 하면 그대로 밀고나
가 버린다.

화용군과 방방은 기녀의 방에 마주 앉아서 술을 마시고 있는 중이다.

두 사람이 중요한 대화를 나눠야 하기 때문에 기녀는 부르지 않았다.

아니, 중요한 대화를 나누지 않더라도 화용군은 기녀를 부를 생각 따윈 없다.

기녀라는 것은 그의 가슴속에 영원히 아물지 않은 하나의 상처 같기 때문이다.

방방은 일홍각에 들어오는 과정에 버썩 얼었던 것과는 달리 지금은 자리를 잡고 퍼질러 앉아서 연신 술잔의 술을 입에 쏟아붓고 있다.

방방은 어째서 백학무숙이 자신을 미행, 감시하고 있는 것인지, 그리고 화용군이 없는 동안 제남에서 있었던 일들을 설명하고 있는 중이다.

백학무숙의 관주 백학선우 감태정은 자신의 조카 감도능이 관도 상에서 무참하게 살해당한 사건 때문에 극도로 예민해져 있다.

석 달 전 화용군은 일홍각에서 혈명단 제남지단주를 만나고 있는 감도능을 죽였었다.

감도능은 백학무숙의 총관으로 화용군은 그에게서 그의 백부인 백학선우가 혈명단에 청부하여 구주무관을 몰살시켰다는 증거를 실토받으려고 미행하여 일홍각까지 와서 옆방에 들어갔었다.

그런데 옆방에서 기회를 엿보고 있던 화용군이 자신에게 젖가슴으로 밀어붙이는 기녀를 누나로 착각하는 바람에 일이 잘못되어 한바탕 난리가 벌어졌으며 그 와중에 감도능을 죽이고 말았었다.

그 덕분에 혈명단 제남지단주이며 일홍각주인 여자를 얼결에 수하로 거두었다.

그리고 그녀의 입을 통해서 북경의 통천방이 혈명단 북경지단이라는 귀중한 정보를 얻어서 그 덕분에 북경에 갔었던 일은 잘 처리를 했다.

그런데 일홍각주가 수하가 된 일이 아직도 유효한지는 장담하기 어렵다.

그래서 그것을 확인하기도 하고 방방하고 안전하게 대화도 나눌 겸 해서 이곳에 온 것이다.

"감도능의 시체가 관도에서 발견됐다는 건가?"

"그러네. 감도능은 황하유가에서 제남 성내로 향하는 관도 상 마차 안에서 목이 잘라져서 죽었고 마차를 몰던 수하 역시 목이 잘렸다네."

그 당시에 화용군은 일홍각 안에서 감도능을 죽였었고 수하는 손대지 않았었다.

그랬었는데 둘 다 목이 잘라진 채 마차에 타고 있는 상태로 관도에서 발견됐다면 아마도 그것은 일홍각주가 그런 식으로 뒤처리를 했을 가능성이 크다.

감도능이 일홍각 내에서 죽었다고 한다면 일홍각주가 백학선우에게 변명을 해야 할 테지만, 그가 일홍각에 왔다가 돌아가는 길에 살해를 당했다면 그녀로서는 아무런 책임이 없는 것이다.

일홍각주가 일을 그런 식으로 꾸몄다면 그녀가 화용군을 감싸기 위해서 백학선우에게 사실을 은폐하고 있는 것이 분명하다.

그녀가 혈명단에는 그 일을 어떤 식으로 보고했는지는 모르지만 화용군을 감싸고 있다는 느낌이 들었다.

"혹시……."

방방은 자리에 앉자마자 방금 사막을 건넌 사람처럼 허겁지겁 술을 마시더니 이제야 겨우 갈증이 사라진 듯 묘한 시선으로 화용군을 쳐다보았다.

"감도능을 죽인 게 자네 아닌가?"

화용군이 고개를 끄떡이자 방방은 그럴 줄 알았다는 듯 손바닥으로 자신의 이마를 쳤다.

탁!

"역시 내 짐작이 맞았어."

"감태정은 날 의심하고 있나?"

화용군은 술을 한 잔도 마시지 않은 상태에서 술잔만 만지작거리며 물었다.

감도능을 죽인 범인으로 방방이 거두절미하고 대뜸 화용군을 지목할 정도라면 백학선우도 능히 그러지 않을까 생각한 것이다.

"감태정은 자넬 그 정도로 비중 있게 생각하고 있지 않네. 대명제관에서의 강호 사범이라는 입지(立地)는 그 정도는 아냐. 다만 감도능을 죽였을지도 모른다고 의심이 가는 인물 중에 하나로 자넬 심중에 두고 있는 걸세."

"자세히 설명해 보게."

"감태정은 조카 감도능을 죽인 흉수를 반드시 잡겠다고 공언했는데, 흉수로 의심하는 인물이 열 명쯤 되고 그중에서 자넨 일곱 번째 아니면 여덟 번째쯤 되네. 제남에서 감도능에게 원한이 있는 인물이 의외로 많았다네."

아마도 지난번 거리에서 백학무숙 사범들과 생도들을 죽인 일로 화용군이 의심을 받고 있으며, 백학무숙 출신의 곽림이 구주무관에서 나운향 가족을 돌보고 있는 일 때문에 두루두루 용의선상에 올랐을 것이다.

방방은 손을 저으며 호기롭게 말했다.

"그리고 남천문에 대한 것은 염려 말게. 제남에서 화용군이라는 이름을 알고 있는 사람은 아무도 없으니까."

방방은 최초에 갖고 온 세 개의 술 주전자를 다 비우고 마지막 빈 주전자를 잔뜩 기울여서 술이 방울로 똑똑 떨어지게 만들었다.

"내가 부지런을 좀 떤 덕분에 제남에 강호 사범은 있으되 화용군은 없다네."

화용군은 방방이 무슨 말을 하는지 듣자마자 알아들었다. 남천문 사람들이 제남 성내를 들쑤시고 다니면서 화용군에 대해서 캐묻고 다니니까 방방이 제남 성내를 돌아다니면서 손을 써두었다는 것이다.

즉, 화용군이라는 이름을 알고 있을 만한 곳들을 돌아다니면서 이름 청소를 했다는 뜻이다.

그렇게 하자면 제남 성내 그가 돌아다니지 않은 곳이 거의 없을 터이다. 과연 그 일은 개방제자로서의 방방만이 할 수 있는 일이다.

화용군은 고맙다는 뜻으로 그저 가볍게 고개를 끄떡였다.

방방이 탁자 옆에 매달린 줄을 잡아당기자 작은 종소리가 울리고 곧 하녀가 달려왔다.

"술! 많이!"

방방은 호기롭게 외쳤다.

"기녀는 필요하지 않나요?"

"각주를 오라고 하시오."

"각주를요?"

"각주는 왜?"

화용군이 불쑥 말하자 하녀와 방방이 깜짝 놀라서 동시에 물었다.

화용군은 손을 저어 하녀더러 나가라는 손짓을 해 보였다.

"각주는 왜 오라고 하는 거야? 자네 일홍각주를 아나?"

방방의 물음에 화용군은 그저 고개를 가볍게 끄떡여 보이고는 화제를 바꿨다.

"운향 가족은 잘 있나?"

"남천문이 건드리지 않으니까 잘 있지."

방방은 머리를 긁적였다.

"용군 자네 시중들라고 그 여자를 소개했던 것인데 이젠 거꾸로 돼가지고 자네가 그녀와 가족을 보호하는 꼴이 되고 말아서 정말 미안허이. 나도 그녀에게 아이들이 있는 줄은 몰랐었네."

"그래서 말인데……."

화용군은 방방에게 제남 성내에 나운향 가족이 살 만한 집을 알아봐달라고 부탁을 했다.

그녀들이 앞으로 편하게 살려면 점포가 딸린 집이 좋을 것이라는 말도 덧붙였다.

"곽림은 어쩌고?"

나운향 가족이 구주무관에서 나와 따로 집을 구해 살아가면 곽림의 보호는 필요하지 않을 터이다.

"사실은 곽림 이 친구가 자기 가족들까지 구주무관으로 이사를 시켜서 함께 살고 있다네."

방방은 화용군이 미간을 찌푸리는 것을 보고는 술 한 잔을 입속에 쏟아붓고 나서 손을 내저었다.

"그 일은 내가 알아서 처리할 테니까 자넨 신경 쓰지 말게. 어차피 나운향이나 곽림은 자네하고 아무런 연관도 없는 사람들이야. 괜히 코 꿰지 말게."

화용군은 아무 말도 행동도 취하지 않았으나 일견 방방의 말이 맞다는 생각을 했다.

갈 곳 없는 나운향 가족을 몇 달이라도 돌봤으면 자비를 베푼 것이고, 곽림은 녹봉을 주고 고용한 것이니까 거래가 끝나면 남남이다.

척—

그때 문이 열리고 늘씬한 모습의 한 여자가 들어왔다. 긴 치마를 입고 소매가 넓은 상의를 입었으나 한눈에도 기녀는 아닌 듯했다.

단아한 용모에 갸름한 얼굴을 지닌 눈이 번쩍 뜨이는 미모이며, 이십이삼 세의 나이쯤 되어 보이는 그녀는 보는 사람을 푸근하게 만드는 표정으로 물었다.

"각주는 왜 찾으시나요?"

"그대는 각주의 뭐요?"

"저는 일홍각의 총관이에요."

그녀의 나긋나긋한 몸매나 언행을 보면 무공은 전혀 못하는 것 같고, 그녀의 친절하고 온화한 미소를 보면 섣불리 화를 내지 못할 것 같았다.

"각주를 잘 아오?"

"그렇다고 할 수 있어요."

"얼마나 잘 아오?"

여자의 얼굴에서는 훈훈한 미소가 사라지지 않았다.

"아마도 천하에서 제가 각주를 가장 잘 알고 있지 않을까 생각해요."

화용군은 알았다는 듯 고개를 끄떡였다.

"각주를 불러주든가 아니면 가겠소."

"혹시……."

푸른 옷의 여자는 조심스러운 표정을 지었다.

"주군이신가요?"

방방은 언제부턴가 술 마시는 것도 잊은 채 여자와 화용군을 번갈아 쳐다보느라 정신이 없다.

"그렇소."

화용군은 가볍게 고개를 끄떡였다. 그녀의 말을 듣고 화용군은 두 가지 사실을 동시에 깨달았다. 첫째는 이 여자가 '주군' 운운하는 것을 보면 일홍각주의 최측근이 분명하다는 것이고, 둘째는 일홍각주가 변심(變心)을 하지 않았다는 사실이다.

제30장

━━━━

단독 잠입

화용군과 방방은 푸른 옷을 입은 여자의 안내를 받아 일홍각주의 거처인 칠 층으로 올라갔다.

　　예전에 일홍각주가 감도능을 만났던 곳은 삼 층이었는데, 그런 것을 보면 그녀는 아무나 자신의 거처에 불러들이지 않는 모양이다.

　　"각주는 계시지 않으니 돌아오실 때까지 천첩이 주군을 모시겠어요."

　　일홍각은 누각(樓閣) 형태로 지어졌으며 위층으로 올라갈수록 점점 규모가 작아진다.

그러니까 일 층이 가장 크고 칠 층이 제일 작은 뾰족한 탑(塔) 모양이다.

그렇다고 해도 맨 꼭대기인 칠 층에는 여러 개의 방이 있으며, 지금 두 사람이 있는 방만 해도 보통 방의 세 배는 될 정도로 컸다.

뿐만 아니라 으리으리하고 화려함이 극에 달했다. 아마도 공주의 방이 이럴 것이다.

화용군이 칠 층으로 올라오다가 보니까 칠 층 계단 위에 두 명의 삼십 대 초반의 경장 차림 여자가 어깨에 검을 메고 서 있었다.

그녀들은 한눈에도 일류고수가 분명했으며 아마 일홍각주의 호위고수인 것 같았다.

하녀들이 들어와서 둥글고 커다란 탁자에 갖가지 요리와 술을 차리고 나간 후에도 푸른 옷의 여자는 의자에 앉지 않고 화용군 옆에 서서 다소곳이 시중을 들었다.

"앉으시오."

누군가 옆에 서 있는 것이 불편한 화용군이 말했다.

"하대하시면 앉겠습니다."

푸른 옷의 여자는 여전히 마음을 녹이는 푸근한 미소를 지으며 공손히 허리를 굽혔다.

"앉아라."

하대를 하라고 하는데 하지 못할 화용군이 아니다. 그의 말이 떨어지자 푸른 옷의 여자는 잠시 뒤로 물러나더니 갑자기 그에게 큰절을 올렸다.

"천첩 야조(夜鳥) 주군을 뵈어요."

그녀의 느닷없는 행동에 화용군보다 방방이 더 놀랐다.

아까부터 그녀가 '주군' 어쩌고 하는데 무슨 말을 하는 것인지 도통 이해할 수가 없는 그였다.

더구나 방방은 '야조'라는 이름 때문에 크게 놀라서 들고 있는 술잔의 술이 엎질러지는지도 모른 채 눈을 휘둥그렇게 뜨고 그녀를 쳐다보았다.

무림제일의 살수 조직인 혈명단에는 날고 기는 살수가 수두룩하게 포진해 있다.

그중에서도 무림에서 대단한 위치에 있는 인물, 예를 들면 대방파나 대문파의 수장(首長)이거나 그에 버금가는 고수를 암살한 살수들의 이름이 심심치 않게 무림을 떠들썩하게 만들었다.

혈명단에는 그런 살수가 삼십여 명쯤 되는데 '야조'가 바로 그들 중 한 명이었던 것이다.

방방은 얼마나 놀랐는지 의자에서 엉거주춤 일어났지만 감히 그녀에게 직접 묻지는 못했다.

화용군은 '야조'라는 명호를 들어본 적이 없었다. 하지만 그 명호에 밤 '야(夜)' 자가 들어 있는 것이 마음에 들었다. 왜냐면 그가 좋아하는 야차도에도 같은 밤 '야(夜)' 자가 들어 있기 때문이다.

"왜 내게 절을 하느냐?"

바닥에 무릎을 꿇고 납작하게 엎드려 있는 야조에게 화용군이 물었다.

야조는 얼굴을 바닥에 묻은 상태에서 공손히 대답했다.

"천첩의 상전이 주군의 수하이므로 당연히 천첩도 주군의 수하예요."

"나는 널 거둔 적이 없다."

화용군은 야조를 수하로 거둘 마음이 추호도 없다. 일전에 일홍각주를 수하로 거둔 것은 자신이 하는 일에 도움이 될 것 같아서였으나 이제는 쓸모가 없어졌다.

또한 이제부터 그가 백학무숙이나 남천문을 상대하는 데 있어서 일홍각주는 별 도움이 될 것 같지 않았다.

그래서 오늘 이곳에 온 이유는 그녀와의 주종관계를 정리하려는 것이다. 하물며 그녀의 수하인 야조를 이제 거두어서 어디에 쓰겠는가.

"주군께선 천첩을 거두셨어요."

"억지를 쓸 셈이냐?"

표정의 변화 없이 화용군의 목소리가 차가워졌다.

그러나 야조는 굽히지 않았다.

"주군께선 일홍각주를 수하로 거두셨지요?"

"그랬다."

"그렇다면 그녀는 주군의 것이지요?"

"그렇겠지."

"천첩은 일홍각주의 오른팔이에요. 설마 주군께선 오른팔을 잘라낸 일홍각주를 수하로 거두신 것은 아니시겠죠?"

"……."

야조의 말은 말장난이 아니라 정확한 논리다. 한 사람을 수하로 거두면 그의 것이 주인의 것이 되는데 야조는 일홍각주의 소유, 즉 오른팔이니까 당연히 화용군의 수하가 된다는 얘기다.

화용군은 일홍각주나 야조가 조금 귀찮아졌다. 그래서 왈가왈부 떠드는 것보다는 그냥 내버려 두는 것도 괜찮을 것이라는 생각이 들었다.

어차피 일홍각주나 야조는 혈영단의 살수니까 그만한 실력을 지니고 있어서 제 한 몸은 충분히 지킬 테니 돌보지 않아도 될 것이다.

"천첩을 수하로 거두셔야 일어날 거예요."

야조는 마지막 일침을 가했다.

"그런데 어째서 너는 자신을 '천첩' 이라고 칭하는 것이냐?"

'천첩'이란 부인이나 첩, 혹은 일개 여자로서 남자에 속했을 때 스스로를 지칭하는 호칭이다.

그런데 야조는 화용군의 여자가 아니라 수하가 되는 것인데도 줄곧 스스로를 '천첩'이라 칭하고 있다.

"일홍각주와 천첩은 주군의 소유물이에요. 그러니까 스스로를 천첩이라 칭하는 것은 당연해요."

"하면, 내가 너희를 여자로서 취하겠다고 하면 응할 수 있다는 뜻이냐?"

"당연해요."

이 대답에서 야조는 고개를 들고 우러르듯 화용군을 바라보는데 착각인지 이때만큼은 그녀에게서 여자로서의 육감적인 느낌이 왈칵 풍겨졌다.

물론 화용군은 일홍각주나 야조를 여자로 생각하지 않으며 그녀들과 잠자리를 할 생각은 추호도 없다.

누나를 기녀로 알고 하룻밤에 서너 차례나 짓밟아서 그녀를 스스로 죽게 만든 후로 그는 죽을 때까지 그 어떤 여자하고도 몸을 섞지 않을 것이라고 결심했었다.

하지만 이렇게 왈가왈부하는 것 역시 자질구레하게 따지는 것이 귀찮아졌다.

"알았다."

어차피 이들을 중요하게 생각하지 않는다면 일홍각을 제

남에 머물 동안의 거처쯤으로 여기고, 그녀들을 이곳에서의
하녀 정도로 치부하면 될 일이다.

화용군과 방방의 대화는 야조가 개입함으로써 자연스럽게
끊어졌다.

화용군은 배가 불러서 더 이상 요리를 먹지 않았고 술은 아
예 한 모금도 입에 대지 않았다.

방방은 아무 말도 하지 않고 두 사람의 눈치를 보면서도 줄
기차게 술을 마셨다.

그는 화용군과 함께 있으면 폭주를 하는 습관이 있다. 무슨
일이 벌어지더라도 화용군이 곁에 있으면 다 책임을 지기 때
문에 안심하는 것이다.

야조는 화용군의 왼쪽 한 뼘 거리에 한 폭의 그림인 양 다
소곳한 자세로 앉아 있지만 그녀 역시 요리와 술에는 일체 손
을 대지 않았다.

"낭자는 술을 못 마시는 것이오?"

혼자 마시는 것이 심심해진 방방이 야조에게 물었다.

"남들이 나를 주도(酒徒:주당, 애주가)라고 해요."

주도라고 하면서 술을 마시지 않는 게 더욱 이상했다.

"술에 취해서 큰 실수라도 한 적이 있소?"

"많아요."

방방하고 대화를 할 때의 야조는 평소의 부드럽고 푸근함을 잃지 않았다.

그러면서도 동등한 수평관계를 유지했다. 방방이 주군인 화용군의 친구라고 해도 개의치 않았다.

"실수를 많이 했기 때문에 술을 마시지 않는 거요?"

방방은 화용군이 구주무관에 있는 누나의 무덤 앞에서 술을 마시지 않겠다고 말하는 것을 들었다. 그래서 그가 술을 마시지 않으려는 것이 누나의 죽음하고 연관이 있을 것이라고 짐작했다.

즉, 그가 술에 취했기 때문에 누나가 죽었을 것이라는 뭐 그런 비슷한 추측이다.

그러나 그가 누나와 몸을 섞어서 그녀가 자살을 했을 것이라고는 꿈에서조차 상상하지 않았다.

"그 정도로 바보는 아니에요."

야조는 배시시 미소를 지었다.

방방은 화용군을 힐끗 쳐다보고는 야조에게 물었다.

"술에 취해서 실수를 한 것 때문에 다시는 술을 마시지 않는 게 바보라는 것이오?"

"그래요."

"어째서 그렇소?"

방방은 조금 신이 난 것 같았다. 야조가 대답을 아주 잘해서 화용군이 다시 술을 마시게 되었으면 좋겠다는 섣부른 기대를 조금 해보았다.

"당신은 밥을 먹다가 체해서 죽을 뻔하면 다시는 밥을 먹지 않나요?"

"절대로 그렇지 않소. 그건 정말로 바보 같은 짓이오."

방방은 야조가 마음에 들기 시작했고 점점 신이 났다.

"물에 빠져서 죽을 뻔한 경험이 있다면 당신은 어떻게 하겠어요?"

"헤엄을 열심히 배워서 다시는 물에 빠지는 일이 없도록 할 것이오."

야조는 마치 화용군이 술을 마시지 않는 이유를 아는 것처럼 배시시 미소 지었다.

"그게 현명한 거예요. 그렇다고 해서 다시는 물가에 가지 않는 것은 바보나 하는 짓이죠."

"최고요."

방방은 엄지손가락을 세우며 침을 튀겼다.

"뭐가요?"

"낭자는 내가 알고 있는 여자 중에서 최고도 똑똑한 사람이오."

"당신이 알고 있는 여자가 몇 명인데요?"

"낭자 한 명뿐이오."

"아하하하핫!"

야조는 고개를 젖히고 은방울을 흔드는 것처럼 짤랑짤랑한 교소를 터뜨렸다.

그러다가 화용군의 얼굴이 돌덩이처럼 굳어 있는 것을 보고는 급히 웃음을 멈추며 고개를 조아렸다.

"용서하세요, 주군."

지금 화용군의 마음속에서는 커다란 둑이 무너진 것 같은 깨달음이 있다.

야조는 조금 전에 수하로 거두었으며 그녀에 대해서는 아는 것이 거의 없지만 조금 전에 그녀가 한 말은 백 번 들어도 타당하다.

밥을 먹다가 체했다고 해서 다시는 밥을 먹지 않고, 물에 빠져서 죽을 뻔했다고 두 번 다시 물에 들어가지 않는다는 것은 정말 바보나 하는 짓이다.

"술에 취해서 큰 실수를 했으면 어떻게 고쳐야 하느냐?"

자신이 죄를 지은 것 같아서 어쩔 줄 모르고 있는 야조에게 화용군이 불쑥 물었다.

"술로 고쳐야지요."

그런데도 야조의 대답은 막힘이 없다.

"어떻게 말이냐?"

"제정신을 갖고 있는 사람이라면 아무리 술에 취하더라도 같은 실수를 반복하지는 않을 거예요. 만약 똑같은 실수를 반복한다면 그건 사람이 아니거나 그 실수로 인해서 깨달음이 없었다는 뜻이에요."

화용군은 앞으로는 아무리 술에 취해도 그런 실수는 두 번다시 할 것 같지 않았다.

하지만 이제는 누나가 죽고 없으므로 누나를 상대로 시험을 해볼 수도 없는 노릇이다.

그렇다. 그의 곁에는 이제 누나가 없는데 그런 실수를 또다시 반복할까 봐 두려워하는 것은 바보나 하는 짓이다.

"너는 왜 술을 마시지 않느냐?"

"주군께서 금주하시는데 술을 마시는 수하가 있다면 죽어마땅해요."

화용군의 물음에 야조는 공손히 대답했다.

그는 물끄러미 야조를 응시하다가 한숨처럼 중얼거렸다.

"너는 내 스승이로구나."

"천만의 말씀을……."

야조는 화용군이 그런 말을 할 줄은 예상하지 못했기에 의자에서 궁둥이가 한 뼘이나 떨어질 정도로 놀라며 두 손을 마구 저었다.

"아니다."

화용군은 손을 저으면서 북경 동명왕부에서 천보와 호랑

과의 일이 문득 생각났다.

이제 와서 돌이켜 생각해 보면 자신이 그녀들에게 얼마나 실수를 많이 저질렀는지 얼굴이 뜨거워졌다.

그는 자신이 아직 어리기 때문에 경험이 부족하고 또 생각이 짧으며 급한 성격 때문에 그런 실수들을 저지르는 것이라고 생각했다.

슥—

그는 조용히 빈 잔을 내밀었다.

"마시자."

"네, 주군."

야조는 기다렸다는 듯이 술 주전자를 들어 공손히 술잔에 따랐다.

그로부터 두 시진 후에 일홍각주가 도착했을 때 화용군은 거나하게 취해 있었다.

방방은 곤죽이 되어 한쪽 구석에 쓰러진 채 코를 골면서 깊은 잠에 빠졌다.

화용군은 야조의 가르침 덕분에 술을 다시 마시기로 마음먹으면서 술에 취하더라도 정신을 바짝 차려야겠다고 다짐했다.

그러다가 중도에 야조는 그가 지나치게 경직된 것을 보고는 조언을 해주었다.

"취하시면 취하시는 대로 내버려 두세요. 거스르면 탈이
나는 법이에요."

"탈이 나?"

"술을 마셔서 취하는 것은 순리(順理)예요. 그리고 그것을
거스르는 것이 역리(逆理)예요. 그러므로 술에 취해서 나오는
행동 역시 순리예요."

"순리……."

그렇다면 그날 밤 만취해서 누나와 몸을 섞은 것도 순리라
는 말인가.

"집어치워라."

생각이 거기까지 미친 그는 성난 표정을 지었고, 그때부터
그저 취하는 대로 그리고 행동하는 대로 내버려 두었다.

"주군……."

일홍각주는 문 입구에서부터 부복하여 이마를 조아리고
어쩔 줄을 몰랐다.

"일어나서 가까이 와라."

일홍각주는 조심스럽게 일어나서 두 손을 앞에 모으고 다
가와 그에게서 다섯 걸음 떨어진 곳에 멈췄다.

야조는 어느새 일홍각주의 뒤쪽에 공손히 시립하여 허리

를 굽히고 있다.

술에 취한 화용군은 조금 게슴츠레한 눈으로 일홍각주를 쳐다보았다.

"너를 뭐라고 불러야 하느냐?"

"무애(霧愛)입니다."

"무애……."

뒤에 서 있는 야조는 움찔 놀랐다. '무애'는 일홍각주의 본명이며 그녀의 좌우 최측근만 알고 있다.

안개 '무'에 사랑 '애'라는 이름이 이상해서 아무에게도 말하지 않았었다. 그랬었는데 화용군에게 자신의 본명을 스스럼없이 밝힌 것이다.

"주군께선 사탄(死彈)이라고 부르시면 됩니다."

뒤에 서 있는 야조가 공손히 덧붙였다.

"사탄? 너 활을 사용하느냐?"

"그렇습니다."

일홍각주 무애는 조금 쑥스러운 표정을 지었다.

도대체 얼마나 활을 잘 쏘면 '사탄'이라는 명호일지 미루어 짐작이 갔다.

'야조'라는 명호처럼 '사탄' 역시 무림에 짜하게 알려진 살수로서의 살명(殺名)이다.

그렇지만 '야조'가 이급이라면 '사탄'은 일급이다. '사탄'은 혈명단 내에서 열 손가락 안에 꼽힌다.

"무애."

야조가 '사탄'으로 불러달라는 식으로 말했는데도 화용군은 무애라고 불렀다.

"하명하십시오."

"너는 아직도 내 수하냐?"

"그렇습니다."

"앉아라."

"네."

"야조, 너도 앉고."

"네, 주군."

사탄 무애는 화용군의 오른쪽에, 야조는 왼쪽에 앉았다.

"오래 기다리셨나요?"

무애는 두어 달 만에 보는 화용군을 조심스럽게 살피면서 물었다.

그래 봐야 태어나서 딱 두 번 보는 것이다. 첫 번째 만남에 주군과 수하가 되었으며 이번이 두 번째다.

"야조 덕분에 지루하지 않았다."

"어딜 다녀오느냐?"

화용군은 무애가 따르는 술잔을 받으면서 지나가는 말처럼 물었다.

"살행(殺行)을 다녀왔어요."

그렇지만 무애는 감출 것이 없다는 듯 스스럼없이 대답했다.

"표적이 거물이라서 속하가 직접 나섰어요."

화용군은 설마 무애가 살행을 다녀오는 길일 줄은 전혀 예상하지 못했기에 물끄러미 그녀를 응시했다.

그로서는 물끄러미 쳐다보는 것이지만 상대가 느끼기에는 싸늘하게 굳은 얼굴로 쏘아보는 것이다. 그것이 그의 평소 몸에 밴 표정이기 때문이다.

"죄송해요. 주군께서 앞으로 살행을 나가지 말라고 하신다면 그러겠어요."

"상처는 괜찮으냐?"

그런데 화용군은 그녀의 배를 굽어보며 화제를 바꾸었다.

"아… 주군 덕분에 다 나았어요."

갑작스런 물음에 무애는 깜짝 놀라서 대답을 했다가 살며시 얼굴이 붉어졌다.

그 당시에 검에 깊이 찔린 그녀의 아랫배의 상처를 지혈하느라 화용군이 그녀의 속곳을 벗기고 사타구니 은밀한 부위들을 속속들이 보고 더듬었던 기억이 떠오른 것이다.

그것은 천하에서 오로지 당사자인 무애와 치료를 해준 화용군 단둘이만 알고 있는 사실이다.

무애에겐 목숨처럼 은밀한 일이라서 최측근인 야조와 또 한 명의 호위에게도 말하지 않았었다.

야조는 무애가 얼굴을 붉히는 것을 보며 내심 놀라움을 금 치 못했다.

그녀가 알고 있는 사탄 무애는 잔인하고 냉혹하기 이를 데 없는 일급살수이기 때문이다.

"마시자."

화용군이 술잔을 들자 좌우의 두 여자는 화들짝 놀라며 급 히 술잔을 들어 올렸다.

화용군은 자면서 줄곧 악몽을 꾸었다.

죽는다고 해도 머리에서 지워지지 않을 그 기억. 누나와 뜨 겁게 정사를 했던 장면들이 현실처럼 생생하게 꿈속에 나타 나서 화용군을 괴롭혔다.

그는 정오가 다 되어서야 잠에서 깼다. 악몽 때문에 제대로 잠을 자지 못해서인지 후줄근하게 땀에 젖었다.

"음······."

슥―

머리가 지끈거리고 속이 메슥거리는 상태에서 상체를 일 으켜 주위를 둘러보았다.

그가 있는 곳은 얇고 긴 휘장이 바닥까지 드리워진 침상 위이며 대여섯 명이 함께 자도 넉넉할 정도로 크고 화려한 침상이다.

침상에서 여자의 은은한 체취가 나는 것으로 미루어 무애의 침상인 듯했다.

지난밤의 악몽도 있어서 그는 이불을 들추고 자신의 아랫도리를 들여다보았다.

만약 그게 악몽이 아니고 현실이라면 술에 만취해서 무애나 야조를 짓밟았다는 뜻이기 때문이다.

그는 만취하면 자신이 성욕의 짐승이 된다고 믿는다. 만약 그녀들을 건드리지 않았다면 그 믿음이 어느 정도는 상쇄될 터이다.

그렇지만 그는 어제 입었던 옷 그대로 입고 있었다. 지난밤에는 그때 누나를 짓밟았을 때처럼 만취했었지만 아무 일도 없었던 것이 분명하다.

정말 다행한 일이다. 그는 만취해도 성욕의 짐승이 되지 않았던 것이다. 그게 어느 정도 위로가 되었다.

"후우……."

세 차례 연이어서 역천심법을 운공조식한 그는 긴 한숨을 토해냈다.

천보가 알려준 거궐혈을 비롯한 네 군데 혈도에 축적된 공력은 이제 오 할 정도 용해되어 단전에 합쳐졌다.

이로써 그의 공력은 오십 년 수준이 되었다. 그 정도면 무림에서 어느 정도 수준인지 정확하게 모르지만 백학선우하고 일대일로 싸워도 승산이 있을 것 같아서 마음이 얼마간 위로가 되었다.

슥—

그는 침상의 휘장을 걷고 밖으로 나왔다. 가까운 곳 탁자에 그의 검과 야차도가 놓여 있는 것이 보였다. 야차도가 칼집 안에 얌전하게 꽂혀 있는 것을 보니 지난밤에 그 스스로 벗은 것이 분명하다.

육 년 전 남경의 병기점에서 야차도의 칼집을 만든 이후 그는 제남에서 두 번 더 칼집을 바꿨다.

나이를 먹음에 따라서 체격이 점점 커지는 터에 칼집을 더 크게 만들어야 했기 때문이다.

그가 검을 메고 야차도를 착용하고 났을 때 문이 열리고 야조가 들어왔다.

"일어나셨군요, 주군."

그녀는 어제와 다름없는 늘씬하고 아리따운 모습으로 공손히 허리를 굽혔다.

"아침 식사를 준비했어요. 각주가 기다리고 있어요."

화용군은 고개를 끄떡였다.

"너는 원래 무애를 뭐라고 부르느냐?"

"지단주라고 불러요."

화용군이 야조의 안내로 옆방으로 가자 그곳에서 무애는 탁자에 진수성찬을 차리고 있는 하녀들을 지휘하고 있다가 급히 다가왔다.

"편히 주무셨나요?"

무애는 허리를 굽히고 나서 탁자 앞의 의자를 가리켰다.

"앉으세요."

자리에 앉은 그는 그녀들은 자신의 좌우에 서 있는 것을 보고 의자를 가리켰다.

"너희도 같이 먹자."

"아니에요. 천첩들이 어찌 감히……."

"먹자."

화용군이 다시 말하자 그녀들은 긴말하지 않고 그의 좌우에 조심스럽게 앉았다.

*　　*　　*

스읏―

밤이 이슥해졌을 때 화용군은 백학무숙의 서쪽 담을 한 마리 살쾡이처럼 넘었다.

그의 목표는 뚜렷하다. 백학무숙에 귀신처럼 잠입해서 백학선우의 목을 자르고 나오는 것이다.

그의 원수는 백학무숙 전체가 아니라 백학선우 한 명이니까 그의 목숨만 취하면 그것으로 끝이다.

다른 죄 없는 사람들을 죽여야 할 이유도 없고, 수많은 사람하고 싸우다가 그 자신이 위험에 빠져야 할 이유도 없는 것이다.

백학무숙 내부 지리에 대해서는 웬만큼 알고 있다. 한 번도 들어와 본 적은 없으나 방방이 그림을 그려가면서 자세히 설명을 해주었다.

방방은 백학무숙에 들어가 본 적이 없지만 개방이 그런 걸 모른다면 말이 되지 않는다.

서른네 개의 무도관이 빙 둘러 자리를 잡고 있는 대명호는 동에서 서로 길쭉한 모양새다.

제남 대명호에서 최고의 명당자리는 서쪽의 야트막하고 넓은 구릉이다.

그곳에서 호수를 앞에 두고 건물을 지으면 이른 아침에는 호수에서 해가 떠오르고 저녁이면 건물 뒤편을 흐르는 운하 너머로 해가 진다.

백학무숙은 바로 그 대명호의 서쪽 최고의 명당자리에 있다. 서쪽의 끝에서 끝까지 삼 리쯤 되는 구릉지대를 다 차지

하고 있는 거대한 규모가 바로 백학무숙이다.

화용군은 방방이 백학선우의 거처라고 가르쳐 준 전각에 정확하게 찾아왔다.

거기까지 오는 동안 최대한 조심했으며 그래서인지 경계가 삼엄한데도 무사히 도착했다.

이 전각을 선우각(仙羽閣)이라고 한다는데 백학선우의 거처이기 때문이다.

선우각은 삼 층이며 둘레가 백여 장에 이를 정도로 매우 큰 규모다.

일 층과 이 층은 컴컴한데 삼 층의 몇 군데에서 불빛이 흘러나오고 있었다.

선우각 근처에 숨어 있는 화용군은 세 명의 관무사가 반각에 한 바퀴씩 선우각 주위를 돌고 있을 뿐 그 밖에 특이함이 없는 것을 확인했다.

임시(壬時:밤 11시경) 무렵, 세 명의 관무사가 지나가자마자 화용군은 선우각으로 접근하여 신형을 날려 이 층 창에 가볍게 매달렸다.

탁……

미약한 소리가 났으나 그의 귀에도 겨우 들릴 정도였으니 들킬 염려는 없을 것 같다.

그는 지상에서 이 장 높이의 창에 왼손으로 매달렸다가 천천히 팔을 당겨서 몸을 끌어 올렸다.

불이 꺼져 있는 창 옆에 서서 공력을 끌어 올려 청력을 돋우어 안쪽의 기척을 살폈으나 아무것도 감지되지 않았다. 빈 방인 것 같았다.

창은 굳게 닫혀 있었으나 손으로 가볍게 미니까 안쪽으로 기척 없이 열렸다.

스으… 삭—

안으로 몸을 들이민 그는 실내 바닥에 내려섰다. 그곳은 회의실인 듯 긴 탁자와 그 둘레에 여러 개의 의자가 빼곡하게 둘러 있었으며 캄캄했다.

그는 문이 있는 곳으로 추호의 기척도 없이 걸어가며 문 바깥의 동정을 살폈다.

밖에 아무도 없음을 확인한 그는 천천히 신중하게 문을 밀고 한쪽 눈으로 밖을 내다보았다.

바깥 역시 어두웠으나 위쪽으로부터 흐릿한 빛이 흘러내리고 있었다.

아마 일 층과 이 층은 비어 있고 삼 층에 사람이 거주하고 있는 것 같았다.

그는 계단이 있을 듯한 방향으로 최대한 빠르게 미끄러져 갔다. 보통의 전각들은 천장의 가운데 부분이 아래에서 꼭대기까지 트여 있어서 그곳으로 날아오를 수도 있는데, 여긴 계단을 제외한 천장 전체가 막혀 있는 구조다. 삼 층에서의 흐릿한 불빛은 계단을 통해서 흘러나오고 있었다.

잠시 후에 그는 삼 층으로 오르는 계단 아래쪽에 이르러서 계단 위쪽을 살폈다.

청력을 돋우어 위쪽의 기척을 살폈으나 아무것도 감지되지 않았다.

오십 년 공력인 그가 청력을 돋우면 최대 삼십 장 이내의 기척을 감지할 수 있다.

스사—

그는 계단 위로 민첩하게 달려 올라갔다. 계단은 중간에서 한 번 꺾여 곧장 삼 층으로 뻗어 있다.

투우…….

그런데 계단참에서 방향을 꺾어 달려 오르던 그의 무릎 어림에 뭔가 닿은 듯한 느낌이다. 마치 가느다란 풀잎에 스친 듯한 흐릿한 느낌이다.

그는 급히 멈추는 것과 동시에 허리를 굽혀 자신의 무릎에 닿은 것이 무엇인지 확인하려고 했다.

땡땡땡땡땡—

그런데 그때 느닷없이 급박한 종소리가 요란하게 울렸다. 종소리는 무덤 속처럼 고요한 전각 안을 온통 발칵 뒤집어놓았다.

순간 화용군은 자신이 방금 무릎으로 건드린 그 무엇 때문에 종이 울리는 것이라고 직감했다.

땡땡땡땡땡—

종은 한 번 울리고 멈추는 것이 아니라 끊이지 않고 계속 울려댔다.

상황이 이 지경이 되자 제아무리 강심장이고 배짱이 두둑한 화용군이라고 해도 놀라고 당황할 수밖에 없다.

그는 순간적으로 어떻게 해야 할지 잠시 갈등하다가 그대로 삼 층을 향해 달려 올라갔다.

기왕지사 일이 이 지경이 돼버린 것 어떻게든지 백학선우를 죽여야겠다고 생각했다.

몇 걸음만 더 올라가면 백학선우가 있을 텐데 여기서 포기할 수는 없는 노릇이다.

툭—

그의 무릎에 닿았던 것이 끊어지는 느낌이 전해졌다. 그로써 종소리는 더 이상 울리지 않았다.

그는 한달음에 계단 꼭대기 삼 층에 도달했다. 그곳은 제법 넓은 공간이며 벽에 걸린 유등 하나가 불을 밝히고 있는데 공간의 좌우 양쪽에 복도가 뻗어 있다.

처척! 타탁탁!

그때 복도 안쪽에서 급히 여러 개의 문이 열리는 소리가 한꺼번에 들렸다.

화악! 확!

그러고는 그 순간 화용군이 서 있는 공간의 사방이 환하게 밝아졌다.

"웃!"

갑작스런 눈부심 때문에 그는 멈칫하며 왼팔을 들어 눈을 가렸다.

쐐액! 쉬이익!

그러나 사방에서 날카로운 파공음이 들려오는 것을 듣고 공격이라고 판단했다.

그는 즉시 눈을 가릴 때보다 더 빨리 팔을 떼어내는 것과 동시에 어깨의 검을 뽑으면서 오른팔로는 야차도를 움켜잡았다.

순간적으로 주위가 환해졌기 때문에 일순간 눈앞이 새하얘져서 아무것도 보이지 않았다.

적들은 바로 그런 점을 노리고 갑자기 환하게 불을 밝혔을 것이다.

그러니까 그가 당황해서 허둥거린다면 적의 수작에 놀아나는 꼴이다.

순간적으로 당황했고 또 아무것도 보이지 않지만 그는 이런 상황을 타개할 수 있는 수법을 전개했다.

쩌르르—

쉬아앙—

검으로는 태극혜검 오 초식 팔황개동을 전개하는 동시에 야차도를 힘껏 날려 야차도환을 전개한 것이다.

팔황개동은 다수의 적을 상대로 휩쓸어 버리는 검초식이고, 야차도환은 야차도를 날려서 손잡이 고리에 묶인 천심강사를 잡고 휘둘러 자유자재로 조종하는 수법이다.

불이 갑자기 밝아진 탓에 순간적으로 찾아왔던 눈부심이 빠르게 가시기 시작하면서 화용군은 주위를 선명하게 볼 수 있게 되었다.

왼쪽에서 접근하며 공격을 가해오는 적 다섯 명 중에 세 명이 화용군이 전개하고 있는 태극혜검 팔황개동에 휩쓸려 피를 뿌리고 있었다.

그리고 오른쪽에는 일 장 거리에서 세 명의 적이 검을 휘두르며 공격해 오고 있으며, 야차도는 그 뒤쪽에 있는 적 한 명의 어깨에 꽂히고 있는 중이다.

그로 미루어 이들은 일류고수는 아니고 이류 내지 관무사 정도 수준이다.

화용군은 야차도를 회수하면서 왼쪽으로 부딪쳐 가며 이번에는 테극혜검 삼 초식 광만육합을 펼쳤다.

파팍!

순간 왼쪽 어깨와 오른쪽 허벅지 바깥쪽이 뜨끔했으나 무시하고 저돌적으로 휘몰아쳤다.

그는 자신이 있는 공간에 삼십여 명의 적이 사방에서 쇄도하며 공격을 퍼붓고 있는 것을 알게 되었다.

그는 여러 명이 모여 있는 적들 속으로 상체를 숙인 자세로 빠르게 비집고 들면서 검을 최대한 짧게 잡고 이리저리 눈부시게 그어댔다.

스파파아—

"허억!"

"으악!"

적 두 명이 목이 베어져서 피를 뿌리며 이승에서의 마지막 비명을 처절하게 터뜨렸다.

다수의 적을 상대할 때에는 자신과 적들과의 거리를 최대한 짧게 하고 되도록 적들 속으로 파고들어 좌충우돌 싸우는 것이 유리하다.

척!

그때 회수한 야차도가 그의 오른손 안에 잡혔다. 그때부터 그는 왼손에 검, 오른손의 야차도로 신들린 듯한 초식을 전개하며 고군분투하며 싸웠다.

팍! 사악! 사삭!

적들의 검이 번뜩이면서 그의 몸 여기저기를 찌르고 베는 것을 느꼈으나 하나같이 가벼운 상처뿐이다. 느낌으로 알 수 있다.

그의 빠른 눈으로 적들이 공격해 오는 방향을 가늠하여 이리저리 피하기는 하지만 급소를 피하는 것이라서 급소 외의 부위에 슬쩍슬쩍 찔리고 베이는 것까지는 어쩔 수가 없는 상황이다.

키이잉! 쉐액!

그는 미친 듯이 양팔을 휘둘러 적을 찌르고 베면서도 정신은 냉정하려고 애썼다.

하지만 전진을 하려고 하는데도 앞으로 나아가기는커녕 오히려 뒤로 조금씩 밀리고 있는 상황이다.

더구나 싸움을 시작하여 열 명 이상 죽인 것 같은데 적들은 줄지 않고 외려 점점 수가 많아지고 있다.

지금은 자정이 다 되어가는 한밤중인데 이들은 마치 잠을 자지 않고 침입자를 기다리고 있기라도 한 것처럼 반응이 빨랐었다.

더구나 조금 전에 계단을 오르다가 무릎으로 무언가를 건드렸으며 그 때문에 요란한 종소리가 울렸다는 것은 지금 여기가 함정일 것이라는 불길함을 가속시켰다.

지금 같은 상황이라면 백학선우를 죽이는 것은 고사하고

그의 얼굴을 보는 것조차도 어려울 터이다.

그러다 이곳에서 전혀 상관도 없는 자들하고 머리 터지게 싸우다가 중상을 입거나 심하면 죽을 수도 있다. 원수의 얼굴도 보지 못한 채 죽는다면 그보다 억울한 죽음이 어디에 있겠는가.

'일단 물러나야겠다.'

그렇게 결론을 내린 화용군은 빠르게 주위를 살피면서 퇴로를 찾기 시작했다.

그렇지만 그는 삼 층의 넓은 공간 한복판에 있으며 사방에는 족히 오십여 명은 될 듯한 많은 적이 겹겹이 포위한 상태에서 맹공을 퍼붓고 있다.

어쩌다가 이런 상황에 처했는지 모를 일이다. 아니, 아까 계단을 올라오다가 무릎으로 무언가를 건드려서 종소리가 울릴 때 물러났어야 하는 것이었다.

그때 기왕지사 여기까지 왔는데, 하는 심정으로 계단을 달려 올라왔었는데 그게 잘못이다.

이번에도 역시 그의 냉철하지 못한 성격 때문에 위험지경에 처하고 말았다.

어금니를 악물고 전력을 다해서 싸워 이곳에 있는 오십여 명을 다 죽였다고 해도 그게 무슨 소용이 있겠나.

'빌어먹을……'

저절로 욕설이 입 밖으로 튀어나오려는 것을 삼켰다. 문득 지난번 관도 상에서 남천고수들에게 포위되어 악전고투하면서 죽어가던 일이 생각났다.

그때는 기적적으로 동명고수들이 나타나서 그를 구해주었으나 그들이 여기까지 나타나서 구해줄 리 만무하다.

역천심법으로 공력이 삼십 년에서 오십 년으로 증진되어 백학선우를 단칼에 죽일 수 있을 것 같았는데 이 모양 이 꼴이 되고 말았다.

이곳은 선우각의 이 층이며 조금 전하고는 달리 불이 환하게 밝혀졌다.

일각쯤 전에 화용군은 사력을 다해 삼 층에서 벗어나 아래층으로 내려올 수 있었다.

그렇지만 이 층에서 그를 기다리고 있는 것은 삼 층보다 훨씬 더 많은 적들이었다.

그는 삼 층의 적들로부터 벗어나 이 층에서 창을 통해 도주하려고 했으나 그곳에서 기다리고 있는 더 많은 적에게 포위되는 바람에 뜻을 이루지 못했다.

이 층에 내려와서 깨닫게 된 사실이지만 그가 사력을 다해서 포위망을 뚫고 내려온 것이 아니라 사실은 적들이 그를 이 층으로 몰아서 내려 보낸 것이다. 더 넓은 장소에서 그를 제압하기 위함이었다.

발버둥을 치고 있지만 결과적으로 그는 선우각 이 층에 갇혀 버린 신세다.

전각 밖이라면 몸을 솟구쳐서 어떻게라도 해보겠는데 전각 안에서는 아무리 발버둥을 쳐봐야 포위망을 뚫을 수가 없어서 지난번 남천고수들의 악몽이 재현될 뿐이고 여전히 전각 안에서 벗어날 수가 없다.

이십 년쯤 증진된 공력으로는 그가 전개하는 초식을 조금쯤 더 빠르고 강하게 만들어서 적을 십여 명쯤 더 죽였을지 모르지만 지금 상황을 헤쳐 나가는 데에는 별 도움이 되지 못했다.

싸움이 시작된 이후 그는 삼십여 명의 적을 죽였다. 하지만 그보다 다섯 배 정도 더 많은 적이 그를 겹겹이 포위한 상태에서 공격을 퍼붓고 있다.

그러므로 지금은 적을 죽이기보다는 제 한 몸 지키는 것조차도 어려운 처지다.

쉬이익! 쐐액! 쉬쉭!

"커윽!"

"흐악!"

이 층에는 여러 자루의 검이 허공을 가르는 파공음이 난무하고, 허파를 찢어발기는 애긇는 비명과 기합 소리, 거친 숨소리가 가득했다.

화용군은 이미 이십 군데쯤 상처를 입었다. 그러나 살펴볼 겨를이 없어서 얼마나 심한 상처인지 모른다.

다만 쓰러지지 않는 것으로 봐서 중상은 아닐 것이라고 짐작할 뿐이다.

하지만 매에는 장사가 없듯이 상처를 입는 데에도 끝까지 버틸 수 있는 쇳덩이 같은 인간은 없는 법이다.

그 상처들로 인해서 피가 흐르든지 아니면 혈맥이나 심맥이 손상됐든지 여하간 몸에 상당한 부담을 주고 있는 것만은 분명하다.

화용군은 점차 움직이는 속도가 느려졌으며 이십 년의 공력이 증진되기 전의 상태로 돌아간 것 같았다. 말하자면 이십 년의 공력쯤이 소모된 상태라는 뜻이다.

그러고는 그 상태로도 오래 버티지 못하고 시간이 흐를수록 움직임이 점점 둔해졌다.

이제는 이곳에서 탈출하지 못하면 죽거나 제압될 수밖에 없는 상황에 처했다.

"물러나라."

화용군이 최악의 상황에 몰려 있을 때 나직하면서 위엄 있는 목소리가 실내를 울렸다.

그러자 지금껏 치열하게 공격을 퍼붓던 적들이 일제히 바닥에 널린 시체들과 다친 동료들을 부축해서 썰물처럼 쏵! 물러났다.

화용군은 양손에 검과 야차도를 움켜쥔 채 동작을 멈추고 핏발이 곤두선 눈으로 재빨리 주위를 쓸어보았다. 적들에게 약한 모습을 보이지 않으려고 온몸에 힘을 주고 두 발로 바닥을 딛고 섰다.

적들은 화용군에게서 열 걸음 거리에서 둥글게 포위망을 형성하고 있다.

그런데 우측의 적들이 길을 텄으며 그곳으로 한 인물이 천천히 걸어오고 있었다.

화용군의 시선이 그 인물에게 날아가서 꽂혔다.

그 인물은 백의장삼을 입었으며 상의 앞쪽에 백의보다 훨씬 새하얀 백학 한 마리가 날개를 펴고 날아오르는 모습이 수놓아져 있었다.

육십오륙 세의 나이에 반백의 머리를 단정하게 상투를 틀었으며 한 뼘 길이의 반백 수염을 기른 매우 중후하면서도 인자한 모습이다.

화용군은 백학선우를 한 번도 직접 본 적이 없지만 그가 바로 백학선우일 것이라고 확신했다.

그의 용모와 그가 즐겨 입는 옷 등에 대해서는 귀가 따갑게 들었는데 그것에 의하면 바로 저기 서 있는 인물이 백학선우가 분명했다.

화용군은 온몸의 꽤 많은 부위를 찔리고 베여서 두 다리로 피가 줄줄 흘러내리고 있는 상태면서도 백학선우라고 확신하는 인물을 몇 걸음 앞에서 보게 되자 온몸에 잔뜩 힘이 들어가고 어금니가 악물어졌다.

"네가 감태정이냐?"

이런 상황에서는 냉정하게 이성을 지키면서 침착하게 대처를 해야 하지만 그러기에는 화용군의 나이가 아직 어려서 감정의 조절이 되지 않았고 또한 백학선우 감태정에 대한 원한이 너무 깊었다.

상처 입은 맹수가 으르렁거리듯이 그가 말을 내뱉자 포위하고 있는 적들의 얼굴에 분노가 떠올랐다.

그에게는 원수이지만 모두에겐 황제보다 더 존경하는 대사부이기 때문이다.

백삼인은 잔잔한 표정으로 화용군을 응시하면서 그를 살피는 듯했다.

지금 화용군의 모습은 불가에서 말하는 야차나 다름이 없다. 백삼인을 비롯한 이곳에 있는 모든 사람이 그를 보면서 야차를 떠올렸다.

헝클어져서 약간 얼굴을 가린 머리카락은 희끗희끗 백발

이 섞여 있으며, 머리카락 사이의 두 눈에서는 푸르스름한 안광이 은은하게 뿜어지고, 악다문 이빨이 약간 회게 보이는가 하면 얼굴을 비롯한 온몸에서 피를 흘리는 전체적인 모습은 야차 그대로여서 보는 사람으로 하여금 섬뜩함을 넘어서 모골을 송연하게 만들었다.

"자넨 누군가?"

백삼인 백학선우 감태정은 흐트러짐 없는 담담한 표정으로 물었다.

화용군은 거침없이 대답했다.

"구주무관의 사범 강호다."

"구주무관?"

"뭐야 저놈?"

"구주무관에 아직 사범이 있었나?"

그의 말에 포위하고 있는 적들이 어이없는 표정을 지으며 웅성거렸다.

그때 감태정 양쪽에 있던 두 사람 중에서 오른쪽의 중년 사내가 앞으로 두 걸음 나서며 화용군을 꾸짖었다.

"구주무관의 사범이 무슨 이유로 야밤에 백학무숙에 침입하여 살인을 저지르는 것이냐?"

"너는 뭐냐?"

"나는 백학무숙의 우사범(右師範) 조등(趙等)이다."

화용군은 백삼인을 백학선우 감태정이라고 거의 확신하고 있으므로 복수심과 분노가 머리 꼭대기까지 차올라서 눈에 보이는 게 없는 상태다.

"너는 구주무관이 몰살당한 사실을 알고 있느냐?"

"제남에 사는 사람치고 그 사실을 모르는 사람은 없다."

화용군은 팔을 뻗어 감태정을 가리키면서 입에서 피를 토하듯이 으르렁거렸다.

"그렇다면 저 개자식이 구주무관을 몰살시켰다는 사실은 알고 있느냐?"

"저 미친놈!"

"이놈아! 어디에서 헛소리를 지껄이느냐?"

총사범과 백학무숙의 사범들, 그리고 관무사들은 화용군의 말을 아예 들으려고도 하지 않았다.

백학선우가 구주무관을 몰살시키다니 열흘 삶은 호박에 이빨도 들어가지 않을 헛소리다.

"으핫핫핫핫! 죄다 버러지 같은 놈들이구나!"

화용군은 고개를 젖히고 실내가 울릴 정도로 우렁찬 웃음을 터뜨렸다. 피를 토하는 듯한 웃음 광소(狂笑)다.

그는 웃음을 뚝 그치고 다시 팔을 뻗어 감태정을 가리키면서 이를 갈았다.

"저 개자식이 구주무관을 몰살시켰다는 증거를 내가 찾아냈다면 어쩌겠느냐?"

그 순간 시종일관 담담한 표정이던 감태정의 표정이 흐릿하게 변했다.

하지만 그것을 발견한 사람은 그를 쏘아보고 있는 화용군뿐이다.

"살인마가 궤변을 늘어놓는구나."

감태정은 화용군이 지껄이도록 더 놔둬서는 안 되겠다고 생각했다.

숫—

창!

그는 두 발을 움직이지 않은 채 미끄러지듯이 앞으로 나서면서 자신의 왼쪽에 서 있는 삼십 대 중반 여자의 어깨에서 검을 뽑더니 일직선으로 비스듬히 허공으로 쏘아 오르며 화용군에게 짓쳐갔다.

"크훗! 와라! 감태정! 모가지를 잘라주마!"

화용군은 왼손의 검과 오른손의 야차도를 힘껏 움켜잡으며 모을 수 있는 모든 공력을 끌어 올렸다.

'기회는 한 번뿐이다.'

화용군은 정면 허공 일 장 높이에서 급전직하 내려꽂히면서 세로로 검을 그어오는 감태정을 노려보다가 두 발로 힘껏 바닥을 박차고 마주쳐 쏘아 올랐다.

그는 감태정의 공격은 보이지도 않는지 아예 무시한 채 자신의 공격만 펼쳤다.

왼손으로는 태극혜검 마지막 절초인 무극태극변검을, 오른손으로는 야차도술을 전개하여 감태정의 상체 세 군데를 맹렬하게 찔러갔다.

키우웅―

화용군은 감태정이 자신보다 고수일 것이라고 생각한다. 더구나 지금은 평소에 비해서 많이 지친 상태라서 더욱 그럴 것이다.

그렇기에 그는 동귀어진(同歸於盡)을 할 각오다. 감태정을 죽이고 죽을 수 있다면 그것으로 만족한다.

찰나지간에 왼손의 검으로는 베고 오른손의 야차도로는 찌르는 수법이다.

이날을 위해서 셀 수도 없을 정도로 많이 연습했던 수법이다. 무극태극변검이 놓칠 수 있는 방위를 야차도술이 완벽하게 보완하는 것이다.

키아악! 쉐앵!

마지막 순간에 화용군은 허공으로 솟구치면서 허리를 비틀어 감태정의 왼쪽에서 공격했다.

감태정의 공격을 피하려는 의도가 아니라 그런 동작을 취해야지만 그를 향한 공격이 가일층 정확할 것 같아서다.

파악!

그러나 화용군은 자신의 검과 야차도로 아무것도 베거나 찌르지 못했음을 느꼈다. 그런데 자신의 왼쪽 가슴이 화끈하게 뜨거운 것을 느꼈다.

'우라질… 당했다…….'

쿵!

그는 등을 아래로 하여 바닥에 묵직하게 떨어졌다.

자신의 상태가 어떤지 보려고 하는데도 고개가 까딱도 하지 않았다.

그저 왼쪽 가슴에서 피가 쉭! 쉭! 뿜어지는 소리만 아련하게 들릴 뿐이다.

눈을 부릅뜨려고 하는데도 자꾸만 감기면서 청초한 모습의 누나가 슬픈 미소를 짓고 있는 모습이 아련하게 망막에 떠올랐다.

『야차전기』 4권에 계속…

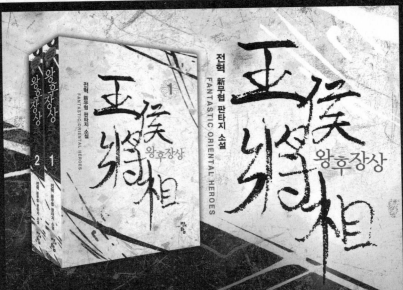

『월풍』, 『신궁전설』의 작가 전혁이 전하는
유쾌, 상쾌, 통쾌 스토리, 『왕후장상』!

문서 위조계의 기린아 기무결.
사기 쳐서 잘 먹고 잘살던 그에게 날벼락이 떨어졌다.
바로 녹슨 칼에서 나온 오천만 냥짜리 보물지도!

기무결에게 내려진 숙제,
오천만 냥을 찾아라!

그러나 꼬인 행보 끝 도착한 곳은 동창의 감옥이었으니……

"으아악! 이게 뭐야!! 무림맹이 왜 여기 있는 거야!"

천하제일거부를 향한 기무결의
끝없는 도전이 시작된다!

Book Publishing CHUNGEORAM

유행이 아닌 자유추구 -
WWW.chungeoram.com

허담 新무협 판타지 소설

FANTASTIC ORIENTAL HEROES

검은별

하늘아래 모든 곳에 있고,
결코 사라지지 않는다.

세상은 그들을 멸시하지만,
세상의 모든 야망가가 은밀히 거래한다.

선과 악이 어우러지고,
어둠과 밝음이 서로를 의지하듯
세상의 빛 그 아래 존재하는 자들.

무수한 별이 빛을 잃어 어둠을 먹고사는
검은 별이 되어 살아가는,
그리하여 세상 모든 사람이 두려워하는…

그들은 유령문이다!

Book Publishing CHUNGEORAM

유령이 아닌 자유추구 -
WWW.chungeoram.com

강준현 장편 소설

FUSION FANTASTIC STORY

개척자
Pioneer

『복수의 길』의 강준현 작가가 선보이는
2015년 특급 신작!

글로벌 기업의 총수, 준영.
갑자기 찾아온 몽유병과 알 수 없는 상황들.

"…누구냐, 넌?"
혼돈 속에서 순식간에 바뀐 그의 모든 일상.
조각 같던 몸도, 엄청난 돈도, 뛰어난 머리도 모.두. 사라졌다!

스스로도 알 수 없는 낯선 대한민국의 밑바닥부터
다시 시작해야 하는 준영.

"젠장! 그래, 이렇게 산다!
대신 나중에 바꾸자고 하면 절대 안 바꿔!"

그는 과연 이 상황을 극복하고 자신의 운명을
새롭게 개척해 나갈 수 있을 것인가!

Book Publishing CHUNGEORAM

유행이 아닌 자유추구 -
WWW.chungeoram.com

글샘 장편 소설
FUSION FANTASTIC STORY

세상을 다 가져라

[세상을 다 가져라]

문피아 선호작 베스트 작품 전격 출간!
현대판타지, 그 상상력의 한계를 넘어서다!

권고사직을 당한 지 2년째의 백수 권혁준.

우연히 타게 된 괴상한 발명품으로 인해
과거로 회귀한다!

그런데
과거로 온 혁준의 손에 들려 있는 것은 바로
최신형 스마트폰!

"까짓 세상, 죄다 가져 버리겠다 이거야!"

백수였던 혁준의 짜릿한 인생 역전이 시작된다!

Book Publishing CHUNGEORAM

유행이 아닌 자유추구—
WWW. chungeoram.com